BĂRBATUL APROAPE PERFECT

ROWENA DAWN

SCARLET LEAF

2020

I0525738

Scarlet Leaf a permis ca acest roman să rămână exact așa cum a intenționat autorul.

PUBLICAT DE SCARLET LEAF

TORONTO, CANADA

Pentru informații adresați-vă editurii Scarlet Leaf la adresa de email: scarletleafpublishinghouse@gmail.com

Cuprins

SIMONEI ȘI LUI ANDREI

CAPITOLUL UNU

Ahhh, icni ea şi, furioasă, aruncă o farfurie în direcţia lui Colin.

În ciuda faptului că practicase destul de des, Ella niciodată nu reuşise să îşi atingă ţinta. În fond, tot încercând să-l nimerească pe Colin, femeia spărsese destule farfurii de-a lungul timpului. Spera, însă, ca într-una din zile să îl şi nimerească, în sfârşit, pentru că, de fapt, omul nu reprezenta o ţintă prea mică.

— Haide, iubito, trebuie să înţelegi, o imploră Colin, privind-o cu ochi de căţeluş şi ridicându-şi mâinile rugător.

Bărbatul era un adevărat maestru la aşa ceva, iar Ella îşi dădu ochii peste cap, chiar dacă avea dorinţa să îl jupoaie de viu.

Colin întotdeauna făcea aşa ceva. O lăsa de izbelişte, să-l aştepte, în timp ce el o lua la picior cu unul dintre prietenii săi.

Femeia simţea că îi vine să urle din cauza frustrării. Definiţia unui iubit pentru ea era la mii de ani lumină faţă de ceea ce îi oferea el.

Ella îşi dădu brusc seama că sora ei avea dreptate. Trebuia să scape de Colin, şi rapid, înainte să fie prea târziu. Trebuia să-şi găsească pe altcineva mai bun pentru că altfel ar fi rămas fără nicio veselă în dulap.

Nu mai departe de săptămâna trecută, făcuse praf un set de vase minunat, decorat cu flori delicate. Chiar iubise acel set. Îl cumpărase în cursul unei excursii interminabile prin mai multe magazine cu antichități și nu îi fusese prea ușor să pună mâna pe el. Iar după aceea, ca o vacă proastă – suna cam dur, dar aceasta era realitatea, le spărsese pe toate într-o singură seară.

Ha! Deja era mai mult decât destul. Din punctul de vedere al Ellei, Colin putea să-și pună juvățul de gât. Ea, una, avea alte lucruri mai bune de făcut decât să stea și să îl aștepte, pentru ca după aceea să-și exerseze inexistenta abilitate de a trage la țintă.

— Știi ce? îl confruntă Ella, proptindu-și pumnii pe șolduri. Mi-a fost suficient! Du-te și te joacă cu băieții, Colin, și uită că m-ai cunoscut, nemernicule! strigă ea din toți bojocii spre sfârșitul tiradei sale.

Bărbatul se crispă când vocea femeii atinse cea mai înaltă notă posibilă. Mda, Ella putea să strige zdravăn. În fond, nu avea niciun fel de probleme cu plămânii, care îi funcționau foarte bine.

Eh, putea să urle, și ce dacă? Ella se săturase de Colin și de scuzele lui amărâte. Ba chiar îi venea să se plesnească singură de furie pentru că nu se trezise la realitate mai devreme.

Prea de multe ori căzuse pradă scuzelor lui Colin în trecut, iar acum își regreta slăbiciunea și pierderea temporară a judecății.

Cel puțin asta prefera Ella să creadă: că fusese orbită doar pentru o vreme și că în viitor va acționa cu mai multă înțelepciune. Altfel, nu i-ar mai fi rămas decât să-și pună o pungă peste cap. Nu ar fi meritat nimic mai mult.

Oricum, femeia decise că venise vremea să își limpezească mintea. În acea zi, își va revendica viitorul și viața romantică. Nu trbuia decât să scape de rutina aceea bolnăvicioasă și să demonstreze că avea o șire a spinării puternică.

BĂRBATUL APROAPE PERFECT

Nu era ca şi cum ar fi întinerit, mustăci ea. Oricum, trecuse de prima tinereţe, aşa cum, de altfel, o avertizase şi bunica ei când se văzuseră luna trecută.

În curând, Ella urma să împlinească patruzeci de ani. Nu mai avea decât vreo câţiva ani până la acel prag, aşa că era timpul să privească realitatea cu ochii larg deschişi.

Prietenia ei cu Colin nu îi oferea nici un fel de satisfacţie. Nu era fericită, ba chiar nici măcar vag mulţumită, aşa că era clar momentul să renunţe la acea relaţie şi să caute ceva mai bun. Ar fi fost de-a dreptul imposibil să se trezească într-o legătură mai proastă decât cea pe care o avea în acel moment.

— Nu vorbeşti serios, puiule, haide, mai gândeşte-te. Nu vrei să mă părăseşti cu adevărat. Doar mă iubeşti, îi zâmbi Colin cu zâmbetul acela al lui, uşor strâmb, care, pe vremuri, avusese puterea să o facă să tremure.

Ei bine, îşi dădu Ella seama, acele timpuri trecuseră, iar acum, când îl privea, nu mai simţea nimic pentru el.

Acea descoperire bruscă o şocă pe Ella. Era un duş rece peste mândria proprie şi, pentru o clipă, se întrebă dacă simţise ceva pentru el vreodată. În prezent, nu avea nimic altceva decât mânie pentru el, iar mânia nu putea fi calificată ca sentiment şi nici nu era o manieră sănătoasă de a trăi.

Ella înţelese că nu mai avea nici un sentiment pentru el după un an de întâlniri ratate şi seri singuratice, petrecute în apartamentul ei, aşteptând ca Făt Frumos să apară pe calul său alb. Mda, Făt Frumos era plin de bube.

Ella se gândi că poate avea nevoie de un bărbat obișnuit, cu care să clădească o casă, o familie din aceea, de genul nuclear... Nu... Așa ceva nu era pentru ea. Ella avea nevoie de scântei și provocări... Dar nu cu Colin. Cu el avea dureri de burtă, migrene și lacrimi, iar așa ceva nu putea continua la infinit.

Încă mai era viu în mintea Ellei ultimul Crăciun. Petrecuse singură și Ajunul de Crăciun și ziua de Crăciun.

Colin nu venise, iar ea se simțise prea jenată față de cunoscuți ca să se urnească din casă și să viziteze vreo prietenă sau să-și vadă familia... Știa cam ce ar fi spus aceștia și tonele de sfaturi care i-ar fi fost oferite.

Iar Colin se dusese să pescuiască la copcă sau, cel puțin, aceasta fusese destinația despre care îi spusese ei, își aminti ea încruntându-se.

Cu toate acestea, Ella avea unele bănuieli. Nu era Colin bărbatul interesat de pescuitul la copcă. Un sclav al confortului, omul nu și-ar fi petrecut timpul la o temperatură sub zero, cu vântul urlând și pătrunzând prin fiecare crăpătură a unei colibe amărâte...

Ella îl putea vedea într-o cabină confortabilă, dotată cu un șemineu și un bar. Acolo și-ar fi petrecut timpul cu prietenii săi și cu câteva sticle de vin oricând, dacă erau condițiile prielnice.

Dar clar Ella nu l-ar fi văzut pe Colin într-un șopron incomod, pescuind într-o gaură făcută în gheață. Deci povestea lui despre felul în care își petrecuse Crăciunul era cusută cu ață albă. Ar fi trebuit să îi ridice unele semne de întrebare, dar Ella nu își dăduse seama de nimic la vremea aceea și, pur și simplu, i-a acceptat minciunile. Dumnezeu știe câte altele a mai acceptat după aceea.

BĂRBATUL APROAPE PERFECT

Nu mai încăpea nici o îndoială în mintea Ellei. Era clar că trecuse printr-o perioadă în care și-a pierdut judecata complet.

Calmă, chiar foarte calmă, de parcă nimic nu ar mai fi avut vreo importanță, Ella îi răspunse lui Colin:

— Da, sunt serioasă, Colin. Vreau să pleci acum și nu vreau să te mai întorci vreodată. Niciodată de acum încolo. Dacă te vei mai întoarce, te voi acuza de hărțuire și nu îți vor surâde consecințele.

Știa Ella despre ce vorbea din moment ce lucra ca juristă și cunoștea bine legea. Tonul ei arăta, de asemenea, că nu se juca.

Nimeni nu mai putea să o facă pe Ella să se răzgândească atunci când aceasta lua o hotărâre. Era la fel de încăpățânată ca și un asin, după cum îi plăcea tatălui ei să afirme.

Ella nu se arătase niciodată de acord cu el, dar, în sufletul ei, știa că acesta avea dreptate. În fond, îi semăna tatălui său destul de mult, iar când venea vorba despre defecte era ca și cum s-ar fi uitat într-o oglindă.

Ochii lui Colin se lărgiră când, în sfârșit, înțelese că femeia nu glumea. Observând șocul de pe chipul omului, Ella se gândi să îl mai îmboldească puțin pentru a-l pune în mișcare, așa că se îndreptă spre ușa de la intrare cu pași măsurați și o deschise.

— Adios, muchacho! își flutură ea degetele spre ușă, indicându-i lui Colin că era cazul să o ia la picior.

Nevenindu-i să creadă ce se întâmpla, bărbatul rămase înțepenit pe loc, holbându-se la ea. Sprânceana dreaptă a Ellei se arcui în sus pe frunte, iar ea îi făcu un alt semn cu mâna spre hol pentru a-l îndemna să se miște.

— Știi că o să regreți chestia asta, iubito. O vei regreta. Dar o să aștept să mă suni când îți vei reveni la normal, pentru că o să îți revii la normal până la urmă, spuse Colin cu resemnare în glas.

Omul ieși, cu umerii aplecați, de parcă întreaga greutate a lumii ar fi apăsat asupra lor.

— Nu sta lipit de telefon, Colin, strigă Ella după el. Eu, una, nu te voi suna. După ce închid ușa în urma ta, voi uita de existența ta pe lumea asta. *Viezure nenorocit!*

— Pierderea ta, ridică el din umeri cu indiferență, cu toate că tot nu îi venea să creadă că femeia îl aruncase afară din casă.

Colin fusese convins că nu avea motive să-și facă griji despre viitorul relației lor. El crezuse că totul fusese deja stabilit, iar el nu mai avea de ce să se obosească și, de aceea, reacția Ellei îl surprinsese cu adevărat.

Nu o mai recunoștea pe acea nouă Ella. O cunoștea pe cea de dinainte și încă foarte bine. Da, femeia aceea ar fi aruncat cu farfurii în el și ar fi urlat. În fond, avea și plămânii necesari pentru așa ceva, admise el.

Și totuși, nici una dintre acele acțiuni nu îi provocase îngrijorarea și nu îl făcuse să depună vreun efort: femeia fusese deja cucerită, ori, cel puțin, asta fusese părerea lui. Era deconcertant să o vadă pe acea nouă Ella, care se vădea capabilă să rupă orice legătură cu el.

— Poate, își exprimă ea acordul cu indiferență. Dar cu adevărat a ta, iubitule! continuă ea, pocnind din degete.

BĂRBATUL APROAPE PERFECT

După acea ultimă remarcă de adio, Ella încuie uşa, iar mai apoi, pentru a se asigura, puse şi lanţul. Nu se temea că bărbatul se va întoarce, dar simţea nevoia unui gest final, care să simbolizeze îngroparea definitivă a relaţiei lor. În fond, semnele şi simbolurile jucau un rol important în viaţa Ellei.

CAPITOLUL DOI

Ella izbi podeaua cu piciorul, nu prea mulțumită de ea însăși și de felul în care mânuise despărțirea sa de Colin. Mai mult decât atât, o măcina și gândul că ar fi trebuit să arate mai puțină emoție în fața lui.

Oricum, totul se terminase deja, așa că Ella ridică din umeri și se apucă să strângă cioburile împrăștiate peste tot pe covorul din camera de zi. Oh, Doamne, de câte ori făcuse asta! Era o vacă proastă și idioată! I-a luat ceva timp să își învețe lecția.

Ella își scutură capul, nevenindu-i să creadă că fusese atât de oarbă pentru atât de multă vreme. O săptămână este un lucru. Bine, poate chiar o lună sau două, dar nu atât de multe luni. Așa ceva era inacceptabil.

Femeia simțea furnicături în gâtlej, dar se temea că dacă ar fi încercat să își dreagă vocea, ar fi izbucnit în plâns.

Ea și Colin fuseseră împreună de mai bine de trei ani, iar acum acei ani se duseseră pe copcă în seara aceea, numai pentru că ea fusese cu capul în nori și nu își dăduse seama cum stăteau lucrurile cu adevărat.

Ella nu regreta că îl dăduse pe Colin afară din casa ei, dar regreta că risipise ani de zile din viața ei cu un ticălos egoist, care considerase că femeia îi aparținea definitiv.

Și de ce nu ar fi crezut așa ceva? reflectă ea cu obiectivitate. Doar Ella, fidelă, îl aștepta mereu, fiind disponibilă atunci când el revenea.

Îşi mai exprima Ella sentimentele, ba chiar destul de puternic uneori, dar, în fond, lui Colin nu-i păsa că femeia urla de nebună sau că arunca în el cu ce nimerea, ţintind spre capul lui şi ratând, evident.

Iar ceasul continua să bată. Şi iat-o pe Ella, ajunsă deja la aproape treizeci şi şapte de ani, fără copii şi necăsătorită... *Uhhh...*

Ella aruncă cioburile în coşul de gunoi şi rămase pe loc, cu pumnii proptiţi pe şolduri, privind afară pe fereastra de la bucătărie, fără să vadă, de fapt, nimic în faţa ochilor. Se uita pur şi simplu în gol.

Pe neaşteptate, o idee se ivi în mintea ei. Femeia ezită, dar numai preţ de o clipă, iar mai apoi alergă spre telefon, trepidând de nerăbdare, şi începu să formeze numărul prietenei sale, Joan.

Ella şi Joan se cunoşteau de ani de zile, chiar dacă nu aveau o legătură foarte strânsă, ceea ce uneori se întâmpla când oamenii erau foarte diferiţi unul de celălalt.

— Bună, Jo, sunt eu, Ella! Ce planuri ai pentru diseară? întrebă ea cu veselie în glas.

— Bună, răspunse Jo cu oarecare ezitare, fără să mai continue după aceea.

Ella nu putea să o învinovăţească pe Jo pentru că se arăta cam circumspectă, chiar dacă avea ea motivele ei de ciondăneală cu Jo din când în când. Totuşi nu putea fi nedreaptă cu prietena sa pentru că ştia că apelul ei trebuia să o fi şocat. În fond, Ella nu o mai sunase de foarte multă vreme pentru a se interesa de planurile ei.

— Nu ştiu, veni replica lui Jo pe un ton uşor ezitant.

— Nu ai nici un fel de planuri? o întrebă Ella, cu același entuziasm în voce, sperând că astfel o va putea mobiliza și pe Jo.

Urmă o altă pauză în conversație, iar Ella își aduse aminte că Jo era puțin cam înceată atunci când cineva o lua pe nepusă masă. Acela era unul dintre motivele pentru care Ellei nu îi plăcea să își sune prietena. Existau și altele, era adevărat, dar acela se găsea în fruntea listei.

Acum, însă, Ella avea nevoie de Jo, așa că așteptă cu răbdare pentru ca femeia să proceseze cuvintele ei și să îi răspundă.

Lui Jo îi plăceau planurile bine pritocite și nu făcea nimic spontan. Ella știa deja că, în principiu, dacă cineva i-ar fi cerut lui Jo să accepte un propunere fără a-i oferi cel puțin trei zile de gândire, femeia nu ar fi știut ce să răspundă și ar fi început să analizeze motivele acelei persoane la infinit.

— De ce întrebi? întrebă Jo într-un final.

— Ei bine, mă gândeam că am putea ieși... la un bar sau undeva..., răsună vocea Ellei, clară ca un clopoțel în zori de zi, trădând vioiciunea unei ciocârlii.

În realitate, femeia se temea să nu izbucnească în plâns amintindu-și că fusese atât de idioată încât să continuie relația ei cu Colin după ce văzuse ce fel de om era acesta. Asta i-ar fi stricat complet planurile, pentru că nimic altceva nu ar fi făcut-o pe Jo să refuze o invitație mai rapid decât dacă ar fi auzit pe cineva bocind.

Ella înțelegea de ce. Nici ea și nici Jo nu se simțeau confortabil să consoleze pe cineva. Nu știau ce să spună sau cum să reacționeze.

Mda, o altă pauză, remarcă Ella. Jo diseca cu atenție propunerea bruscă a prietenei sale. Ella aşteptă cu răbdare, deşi o durere ascuțită îi penetra brațul. Nu i se părea amuzant să țină telefonul în aceeaşi poziție pentru multă vreme.

De aceea îi plăceau Ellei conversațiile telefonice scurte şi eficiente. Dacă dorea să zăbovească la o discuție, atunci o făcea într-un loc unde ar fi putut să bea o cafea sau ar fi avut la dispoziție un pahar de whiskey.

Ea, una, nu era deloc un fan al acelei invenții minunate, telefonul, iar conversațiile sale telefonice nu depăşeau limita a trei minute, iar aceea numai dacă era nevoită să vorbească cu mama ei, care nu ar fi acceptat nimic mai puțin de atât şi ar fi mustrat-o pentru lipsa de răbdare şi atenție.

— Şi Colin? întrebă Jo pe un ton uşor ezitant, de parcă s-ar fi temut fie să nu cumva să pună o întrebare greşită fie să audă răspunsul.

Ella îi înțelegea foarte bine motivele, care, de altfel, nu reprezentau un mister. Toată lumea era conştientă că Jo nu era una dintre admiratoarele lui Colin.

De fapt, Jo nu era singura. Clubul anti-Colin era destul de mare. Cu excepția propriei sale mame, nimeni din familia ei sau dintre prietenii ei nu îi ținea pumnii lui Colin. Marele ra....

Okay, nu acum! Ella avea lucruri mult mai presante de care trebuia să se ocupe în acel moment. De exemplu, trebuia să o asigure pe Jo că bărbatul nu le va mai deranja niciodată şi că ele două se vor distra bine împreună. Dacă nu ar fi reuşit, atunci planurile ei o luau şi ele pe calea relației ei distruse, adică pe gârlă în jos.

— Nu îți fă griji de asta, Jo. Colin și-a primit biletul, continuă ea, pe același ton plin de veselie, care suna cam artificial în urechile ei și care îi lăsa un gust amar în gură.

Și, cu toate acestea, Ella își încrucișă degetele și speră ca Jo să o creadă până la urmă.

— Ce bilet? o întrebă Jo șocată, iar Ella își putea imagina foarte bine ochii uluiți ai prietenei sale.

Cel puțin așa suna Jo în urechile ei: uluită, confuză, în afara propriului element.

— Vreau să spun că am rupt-o cu el. Pentru totdeauna, Jo. Acum vreau să ies la vânătoare și vreau ca tu să fii camarada mea în această aventură! strigă Ella cu entuziasm, iar inima i se strânse imediat, temându-se că vocea ei stridentă o va face pe Jo să se crispeze.

Pauză, desigur, ce altceva.

Haide, Jo, trăiește un pic, fată! Poate putem să ieșim și noi în oraș înainte să împlinim amândouă cincizeci de ani. Cel puțin, acesta era planul meu, se strâmbă ea.

— Ce vrei să vânezi? veni un alt răspuns ezitant, iar Ella simți impulsul să scrâșnească din dinți.

Jo chiar trebuia să iasă mai mult. Era mereu atât de neimaginativă. Metaforele erau o pierdere de vreme cu ea.

— Un bărbat, Jo, ce altceva, la naiba? Vreau să vânez un bărbat. Un bărbat obișnuit, cu care să fac copii, efectiv strigă Ella drept răspuns, uitând pentru o clipă că trebuia să fie diplomată pentru a o determina pe prietena ei să accepte să iasă cu ea în oraș.

Ella vorbise atât de repede încât trebui să se oprească ca să tragă aer adânc în piept. Asta o ajută să își reconsidere poziția și își promise sieși că va dovedi mai mult tact și răbdare cu prietena ei, care, de fapt, nu avea nici un fel de vină. Ea nu avea nici o legătură cu planurile de viitor ale Ellei, care fuseseră distruse.

Exact în acel moment, Jo se decise să intrevină:

— Acum? Vrei să faci copii acum?

— Nu, tu... tu... Jo! se bâlbâi Ella, iar toate promisiune ei de a fi diplomatică zburară pe fereastră.

Nu îi venea să creadă că i se punea o astfel de întrebare.

— Nu acum, ca în acest moment. Nu e ca și cum pot să mă duc la un tip și să îi spun: *Fă-mi un plod sau mai mulți dacă este posibil!* mai că strigă ea. Dar vreau să găsesc un bărbat cu care aș putea avea copii cândva, anul viitor, să spunem, continuă ea pe un ton mai calm.

— Oh, înțeleg... înțeleg... Și ce pot face eu?

— Nu știu! strigă Ella, gândindu-se: *proastă, proastă, proastă.* Ai putea veni cu mine la un bar pentru celibatari, cred. Ar fi un punct de început pentru vânătoarea mea.

Pauză, desigur, ce altceva? se gândi Ella când prietena sa nu îi mai răspunse.

Durerea din brațul cu telefonul deveni și mai ascuțită, iar femeia trimise o săgeată în direcția lui Jo în gând, imaginându-și cum aceasta trecea drept prin inima lui Jo. Nu, mai bine să îi fi străpuns creierul. Inima lui Jo se afla acolo unde trebuia în cea mai mare parte a timpului. Problema era afurisitul ei de creier.

— Bine, Ella. Când? acceptă Jo până la urmă.

Secolul viitor, bleago! reflectă Ella cu răutate, dar răspunse pe un ton plin de dulceață:

— Diseară. Vin să te iau pe la opt. Este în regulă?

— Bănuiesc că da, spuse Jo cu reticență.

BĂRBATUL APROAPE PERFECT

La naiba, înceată mai este! observă Ella, deşi ştia foarte bine că ezitarea lui Jo nu avea nimic de-a face cu prostia, ci cu nesiguranţa.

— Okay, atunci la ora opt. Ne vedem atunci, fată. Pa, spuse Ella repede ca Jo să nu se mai poată răzgândi.

Extenuată, Ella se grăbi să întrerupă apelul. Nu era o treabă uşoară să arunci cu farfurii în cineva. Nu era uşor nici să îţi arunci iubitul – în regulă, fostul iubit, afară din casă. Iar să vorbeşti la telefon cu Jo – ei bine, aşa ceva i-ar fi pus şi unui sfânt răbdarea la încercare.

CAPITOLUL TREI

Ella nu voia să riște în nici un fel, așa că sosi la apartamentul lui Jo mai devreme cu cinci minute decât ora fixată. Știa cât de mult preț punea Jo pe punctualitate, iar dacă, Doamne ferește, ar fi întârziat și un minut, Jo cea tăcută se transforma în Jo cea cicălitoare, iar urechile Ellei ar fi zbîrnâit.

În trecut, Ella avusese destule discuții cu Jo legate de acel subiect. În seara aceea, însă, nu dorea decât să se distreze și nu intra în planurile ei să asculte o predică pedantă din partea prietenei ei și să se simtă ca un copil de zece ani care a uitat regulile.

Cu ochii pe ceas, Ella ciocăni la ușa lui Jo cu exact două minute înainte de ora opt ca să îi dea timp lui Jo să își pună la punct ținuta. Nimeni nu o vedea pe Jo înainte să fie machiată sau fără să aibă ținuta și accesoriile într-o balanță perfectă.

Și totuși, Ella abia aștepta să vadă ce a încropit Jo. Prietena ei se îmbrăca întotdeauna la modă și era o plăcere să o privești.

Pe Ella nu o deranja obsesia lui Jo cu aparențele. Dacă lui Jo îi făcea plăcere să arate ca scoasă din revistă, aceea era treaba ei. Cu toate acestea, nu considera că Jo ar fi trebuit să aibă aceleași pretenții de la toată lumea, mai ales că Ella nu avea suficientă răbdare cu astfel de lucruri.

Dacă îşi amintea bine, acela fusese şi motivul pentru ultima lor ceartă. Ella trebuia să se întâlnească cu Jo la un restaurant şi era mult în întârziere. Nu mai avusese nici timp să treacă pe acasă de la serviciu pentru a se schimba, aşa că s-a dus la restaurantul pe care Jo îl alesese într-o rochie de vară galbenă.

Prietenei sale i-a displăcut toaleta Ellei şi a strâmbat din nas. Ba chiar i-a atras atenţia că nu se îmbrăcase potrivit pentru acel gen de restaurant şi că lipsa de stil a Ellei arunca o umbră şi asupra ei, ţinându-i o predică privind consideraţia şi respectul faţă de ceilalţi.

În acel moment, Ella a părăsit restaurantul. Cum nu se găsea la ea acasă, nu a aruncat cu farfurii în seara aceea, dar nu a plecat fără a-i adresa lui Jo câteva cuvinte bine alese peste umăr, chiar dacă nu ar fi folosit un asemenea vocabular în mod obişnuit.

Ella şi acum se strâmba ori de câte ori îşi aducea aminte de ce-i spusese lui Jo. Chiar dacă prietena ei o stresa uneori, Jo nu merita să i se vorbească în felul acela. Mama Ellei i-ar fi spălat gura cu săpun dacă ar fi ştiut ce ieşise din gura ei. Cele două tinere s-au împăcat după câteva luni când Ella şi-a cerut scuze pentru mitocănia ei.

Dar pedanteria lui Jo era întipărită în creierul Ellei. Aceasta ştia că un pas greşit ar fi determinat-o pe prietena să se întoarcă în apartament şi să îi închidă uşa în faţă.

Ella îşi făcuse planuri să se simtă bine în seara aceea. Nu avea ea ceva clar în minte, ci numai o idee înceţoşată privind felul în care şi-ar fi dorit ca lucrurile să evolueze, dar ştia că era important să nu o supere pe Jo dacă dorea să aibă succes în campania sa.

Dacă Jo s-ar fi supărat, seara ar fi fost o pierdere totală, chiar dacă, în final, Ella ar fi convins-o pe prietena sa să o însoţească. Nici cel mai curajos bărbat nu ar fi îndrăznit să se apropie dacă ar fi observat scântei între ele două.

Ca un ceas elveţian respectabil, Jo era gata de plecare când, în sfîrşit, Ella a ciocănit la uşa ei. Jo apăru într-o ţinută neagră, mai potrivită pentru cocktail.

Dar rochia era menită să le întoarcă bărbaţilor capetele sau să-i facă pe cei mai slabi de înger să intre în ziduri. Jo arăta pur şi simplu minunat şi nici un bărbat nu şi-ar fi putut lua ochii de la ea.

Ella nu putea nega că Jo arăta foarte bine, dar abia se stăpâni să nu îşi dea ochii peste cap. Ţinuta i se părea puţin cam prea elegantă pentru destinaţia lor, dar simţi şi muşcătura invidiei, pe care, însă, o îndepărtă imediat.

Mergem la un bar pentru celibatari, Jo, nu la o recepţie de fiţe, îşi mustră ea prietena în gând.

Dar Jo era Jo, şi Ella nu putea să îi spună aşa ceva. În fond, nu voia să-şi semneze condamnarea la moarte. Ştia cum o vedea Jo şi că opiniile ei nu prezentau importanţă pentru aceasta.

În seara aceea, Ella nu îşi dorea nimic altceva decât să dea peste un bărbat decent cu care să-şi clădească o familie în viitor. Nici nu se gândea să înceapă un război privind stilul de a se îmbrăca al lui Jo.

Propriile sale reflecţii o şocară pe Ella pentru o secundă atunci când le înregistră. *Să clădească o familie* suna ca ceva de prin secolul trecut, aşa că, pentru o clipă femeia se opri şi se ciondăni cu sine însuşi.

În realitate, nu se gândise cu adevărat că îmbătrânea, dar dacă mintea ei o luase pe drumul acela, era cazul să mediteze asupra acelei probleme puțin mai mult, chiar dacă nu-i făcea plăcere să mediteze asupra acelei perspective prea mult, în ciuda faptului că știa că legile biologice lucrau împotriva ei.

Ella se scutură mental pentru a se întoarce la momentul prezent și își concentră atenția asupra lui Jo.

Cele două prietene formau un duo frapant.

Înaltă și subțire, Jo poseda o coamă de păr des, într-o nuanță de blond care nu venea dintr-o sticluță. Tânăra se născuse cu ea, la fel cum se născuse și cu picioarele lungi, bine formate. Rochia scurtă de cocktail le punea în evidență în toată splendoarea lor, iar din cauza lor, Jo cunoscuse atât admirația cât și ura și gelozia oamenilor din jur.

Felul în care arăta Jo atrăgea multă invidie, dar, având suficientă încredere în sine-însăși, tinerei nu îi păsa ce gândeau oamenii despre ea. Pentru ea nu conta decât opinia ei.

Mică de statură, rotunjoară și cu părul închis la culoare, Ella reprezenta complet opusul lui Jo și își păstra părul scurt pentru că îi lipsea răbdarea să se ocupe de el. Cu toate acestea, era mândră de bogăția și luciul sănătos al părul ei, chiar dacă cocheta din când în când cu gândul să-și lase părul să crească.

Natura sa practică avea grijă să strivească astfel de idei imediat, așa că părul său rămăsese scurt, în același stil pixie pe care îl adoptase în liceu și care o mulțumise de-a lungul anilor.

Rochia îi ajungea Ellei pînă la genunchi. O femeie practică și rațională, Ella știa că nu putea concura cu Jo în aceea privință așa că nici nu încercase vreodată.

BĂRBATUL APROAPE PERFECT

Ella moștenise forma trupului bunicii sale, cu totul din abundență, și, destul de des, era dureros de conștientă de aceasta. Uneori, dar mai ales când depresia se strecura și o prindea în ghearele ei, femeia se gândea că avea totul prea din plin.

Oglinda îi arăta o figură excesiv de rotundă, deși nu în locurile unde nu ar fi trebuit să existe curbe, ceea ce, era o binecuvântare.

Femeia își urâse silueta în timpul anilor de școală, dar anii de colegiu o învățaseră că oamenii erau mai mult decât simple copii xerox, iar varietatea avea și ea rosul ei, până la urmă.

Ella aprecia contrastul cu Jo și nu îi invidia silueta, chiar dacă Jo lăsa impresia că tocmai ieșise din paginile unui catalog de modă. Ori de câte ori ele două intrau într-un bar sau club, toți ochii se întorceau spre ele și luceau cu speculație.

Ella o invitase pe Jo să o însoțească pentru că știa că vor atrage multă atenție în direcția lor. Singură, s-ar fi pierdut printre peștii din baltă sau ar fi atras numai unul sau doi tipi, probabil cei mai ciudați, după cum părea să fie norocul ei în ultima vreme.

— Uită-te la tine, spuse Jo, privind ținuta Ellei și scuturându-și capul. Cred că arăți destul de bine. Eu, una, nu aș fi ales acea rochie pentru tine, dar..., ridică ea din umeri cu nehotărâre, fără sa își ducă gândul până la capăt.

Ella își forță buzele să se arcuiască, deși, pentru o clipă, simțise impulsul să plesnească chipul perfect pictat al prietenei sale. Știuse ea că Jo va spune ceva insultător și încercase să se oțelească împotriva cuvintelor ei, dar tot o durea.

Oricum, Ella era hotărâtă să aibă succes în seara aceea şi considera că avea nevoie de prezenţa lui Jo pentru a reuşi, aşa că zâmbetul i se lărgi şi nu-i răspunse lui Jo aşa cum ar fi vrut.

Îşi dăduse ea seama că Jo nu era conştientă că jignea oamenii cu comentariile sale şi acea descoperire o surprinsese pe Ella, care începuse să o privească pe prietena sa într-o lumină diferită. Şi totuşi, Ella nu înţelegea cum o femeie atât de inteligentă ca Jo putea să fie atât de oarbă.

— Tu arăţi fantastic, Ella îi spuse lui Jo până la urmă, şi nici măcar nu minţea.

Rochia prietenei ei părea să strige *Priveşte această minunată operă de artă,* iar Jo era, într-adevăr, o Venus a timpurilor contemporane. Toată lumea împărtăşea acea opinie, inclusiv duşmanii lui Jo.

Cele două femei se sărutară fără să se atingă, după cum prefera Jo. Pe Ella nu o deranja pentru că nici ei nu-i plăceau gesturile expansive şi considera că îmbrăţişările erau menite fie pentru un iubit, fie pentru membrii de familie, atunci când nu-i văzuse de multă vreme.

Familia Ellei nu fusese niciodată foarte demonstrativă, iar ea putea număra îmbrăţişările mamei sale pe degetele de la o mână. Era posibil ca tatăl ei să o fi îmbrăţişat atunci când Ella se mutase în Toronto, dar nu era ea foarte sigură că nu construise acea amintire în mintea ei.

Probabil de aceea se simţea Ella bine cu Jo în cea mai mare parte a timpului. Amândouă fuseseră crescute cam în acelaşi fel.

Cele două femei luară liftul spre parcare şi, de-a lungul coborârii, Jo a tot ciripit despre munca ei, familia şi prietenii ei. Tinerei îi plăcea să umple tăcerea şi rareori putea cineva să mai strecoare vreun cuvânt.

BĂRBATUL APROAPE PERFECT

Cum Jo nu aştepta nici un fel de răspuns, Ella putea să dea din cap din când în când dacă nu avea chef să asculte. Jo nu îşi dădea seama că vorbea de una singură. Opiniile ei erau foarte ferme şi femeia nu avea nevoie nici de aprobare, nici de sfaturi.

— Deci unde mergem? întrebă Jo după ce şi-a găsit o poziţie confortabilă în maşina Ellei şi şi-a pus centura de siguranţă cu grijă.

— Ei bine, am auzit că s-a deschis un nou bar sau club pe strada Willow acum câteva zile. Ambianţa este plăcută, deşi un pic cam eclectică, replică Ella cu nonşalanţă, iar apoi porni maşina. Aşa că m-am gândit să mergem acolo, spuse ea, evitându-i privirea lui Jo.

— Defineşte eclectic, îi ceru Jo, privind-o pe Ella prin ochii îngustaţi.

Dând dovadă de primele semne de anxietate în seara aceea, Ella se foi pe scaun câteva clipe. Barul pentru celibatari la care se gândea ea nu era unul din locurile pe care Jo le-ar fi frecventat, iar Ella ştia acel lucru.

Dar Ella nu avea nici un chef să meargă la unul din barurile care îi plăceau lui Jo. În acel caz, ar fi putut foarte bine stea acasă pentru că nu ar fi făcut altceva decât şi-ar fi irosit timpul.

Ella voia să întâlnească un bărbat real, nu unul dintre tipii care purtau cravată, spuneau vorbe mari, dar, de fapt, nu ofereau absolut nimic. Avusese deja parte de acel tip de bărbat în trecut. Dacă dorea să îşi schimbe viaţa acum, atunci trebuia să schimbe şi variabilele jocului.

Nu avea ea nimic împotriva unui bărbat care purta costum şi cravată, dar depindea şi de personalitatea lui. Ar fi fost nemaipomenit să dea peste un bărbat care avea stabilitate financiară şi o slujbă bună. Dar asta nu însemna că trebuia să aleagă doar pe baza acelor criterii. Desigur, excludea din start indivizii de genul sugativă sau burete, care căutau o femeie care să-i întreţină.

Ella se gândise că ar fi fost o idee bună să îşi înceapă căutările într-un loc unde putea da peste diverse tipuri de bărbaţi. Un coleg îi spusese că barul acela era vizitat atât de directori din eşalonul superior şi avocaţi, dar şi de către unii dintre luptătorii de MMA şi lucrători din diverse domenii.

Problema era că Jo s-ar fi uitat de sus la luptători şi cei din clasa muncitoare. În ciuda acelui fapt, Ella nu alesese acel bar ţinând seama de preferinţele lui Jo. În fond, ţelul lor era ca Ella să-şi găsească bărbatul perfect sau, mult mai realistic, bărbatul aproape perfect. Ceea ce dorea Jo venea pe ultimul loc. Aceea era noaptea Ellei.

— Ei bine, cred că înseamnă că poţi întâlni tot felul de oameni acolo, cum ar fi directori, contabili, dentişti, şi ... nu ştiu, hai să spunem artişti, se jucă Ella cu adevărul, ştiind că va plăti mai târziu pentru omisiunile sale.

Jo era, în felul ei, o mică snoabă şi nu-i plăcea să-şi frece coatele de clasa muncitoare. Tânăra femeie era mereu în căutarea unui director sau al unui doctor care i-ar fi putut oferi lumea pe tavă, deşi era departe de a fi materialistă. Avea suficienţi bani şi câştiga destul de bine, aşa că nu avea nevoie de un bărbat care să se ocupe de cheltuielile ei şi care să-i cumpere lucruri. Dar, cu toate acestea, Jo era o elitistă.

Ella era mai cu picioarele pe pământ şi ei nu îi păsa de profesiunea unui bărbat, ci de caracterul şi obiceiurile lui. Evident, acesta trebuia să îi inspire şi încredere. După ce petrecuse o lungă perioadă într-un void cu Colin, un podiatru bine cunoscut, Ella voia un bărbat pe care să se poată baza. Nu dădea nici o ceapă degerată pe statutul social al acestuia.

Dacă individul se dovedea a fi instalator sau avocat, ar fi fost același lucru pentru ea, cu toate că ar fi înclinat mai curând spre instalator. Un avocat ar fi fost plecat mai tot timpul, iar ea petrecuse deja destul timp de una singură, iar, în afară de aceasta, marea parte a avocaților pe care îi întâlnise în profesiunea sa nu prea erau înclinați în a spune adevărul. Femeia se săturase deja de minciunile lui Colin.

Ochii cercetători ai lui Jo o studiară pe Ella cu atenție. Se părea că Jo simțea că aceasta ocolea adevărul, iar Ella se luptă să-și păstreze aerul nonșalant sub ochii ei cercetători. Oricum, o dată ce ar fi ajuns la bar, aceasta urma să afle suficient de repede ce însemna eclectic.

Și nu era exclus ca Jo să întâlnească vreun director bogat acolo. Astfel de bărbați veneau la acel bar pentru muzica și mâncarea bună, așa că Jo avea toate șansele de a da peste bărbatul visurilor ei.

Ella pretinse că era atentă la trafic pentru a nu fi nevoită să îi dea prea multă atenție lui Jo și să-i răspundă la întrebările incomode.

— Și dacă bei? își relă Jo interogatoriul, privind-o fix pe Ella.

— Ce vrei să spui? îi aruncă tânăra o privire confuză pentru o clipă, pentru ca mai apoi să își întoarcă ochii înapoi la șosea.

— Conduci, iar dacă vei bea, nu vom mai putea ajunge acasă, sublinie prietena ei, pe un ton pedant.

— Nu te îngrijora, mami, i-o întoarse Ella. Putem chema un taxi oricând, iar eu mă voi întoarce să îmi iau maşina mâine, îi explică Ella, abia stăpânindu-şi o grimasă.

Mai apoi, femeia strânse din dinţi pentru a strivi expletivele ce i se adunaseră pe limbă.

— Sau, cine ştie, poate dăm peste nişte tipi grozavi, iar problema cu transportul, sublinie ea cu ironie, nu va mai exista.

Jo păru să se gândească la cuvintele ei, iar apoi îşi întoarse ochii oţeliţi spre Ella.

— Dacă bei, chiar dacă bei doar un pahar, luăm un taxi, spuse Jo pe un ton care nu mai lăsa loc la nici un fel de negocieri ulterioare.

Ella oftă dezamăgită. Până atunci, Jo ar fi trebuit să ştie deja că Ella nu conducea niciodată atunci când bea. Fuseseră prietene cea mai mare parte a vieţii lor, iar faptul că Jo nu cunoştea mare lucru despre caracterul ei era neliniştitor. Ella se întrebă ce naiba ştia Jo despre ea sau dacă prietena ei se stresase vreodată să ştie şi altceva decât numele ei, numărul de telefon şi cum arăta.

De asemenea, Ella se admonestă pe sine însăşi pentru că nu se gândise să ia un taxi de la început. Ştia ea că nu o să bea decât bere fără alcool pentru că avea nevoie de toate facultăţile sale mentale pentru a reuşi în proiectul ei.

Cu toate acestea, pentru Jo, chiar şi o băutură fără alcool ar fi însemnat că Ella a băut, iar rezultatul ar fi fost acelaşi. Tot ar fi trebuit să ia un taxi înapoi spre casă.

— Vom lua un taxi, Jo, nu-ţi fă griji, spuse ea împăciuitor. Voi plăti pentru parcarea peste noapte şi asta este, concedă ea, doar ca să scape de acel subiect.

BĂRBATUL APROAPE PERFECT

Ella spera ca restul drumului să se desfășoare în tăcere ca să nu mai fie nevoită să pareze alte întrebări neplăcute.

Cu toate acestea, aceea nu era ziua ei norocoasă. Jo ciripi tot drumul până la club, vreme de vreo treizeci și cinci de minute. Din fericire, Ella reuși să nu audă mai nimic și pretinse că vocea lui Jo era doar zgomot de fundal.

CAPITOLUL PATRU

Jo considera că felul în care îți faci intrarea undeva făcea diferența dintre succes sau o seară pierdută, iar ea chiar știa cum să-și facă o intrare.

Cele două femei se opriră imediat ce trecură de pragul clubului, dar doar câțiva bărbați își întoarseră capetele spre ele. Ceilalți păreau ocupați cu alte lucruri și nici măcar nu se obosiră să le arunce vreo privire.

Observând lipsa de interes, speranțele Ellei căzură dramatic și femeia abia își păstră zâmbetul pe chip.

Și totuși, un bărbat păru destul de interesat ca să le facă cu ochiul. Ella nu știa dacă Jo sau ea era destinatara gestului său, dar zâmbi larg în direcția lui.

Bărbatul nu arăta deloc rău, dar părul său blond ciufulit, precum și blugii care văzuseră zile mai bune și care erau doar o idee prea strâmți pe șoldurile lui, îl etichetau din start ca fiind un băiat rău.

Băieții răi erau pentru vremurile când o femeie era tânără și neliniștită, când dorea să experimenteze și să-și trăiască viața de parcă nu mai exista ziua de mâine.

Astfel de bărbați nu erau prea buni atunci când o femeie voia să înceapă o familie și să aibă copii, dar, ce naiba, măcar tipul arăta bine și, cel puțin, Ella își putea clăti privirea. Chiar dacă avansase în ani, tot mai putea admira un piept larg și un abdomen bine sculptat.

Tricoul alb se mula pe trupul lui dur ca o mănuşă, iar Ella nu se îndoia că acesta vizita sala de gimnastică în mod regulat, ceea ce era cam descurajant pentru ea. Rareori avea ea vreo şansă cu astfel de bărbaţi.

Aceştia îi aruncau o privire, trăgeau concluzia că nu ducea o viaţă sănătoasă şi, în consecinţă, îşi luau ochii de la ea imediat.

Cu toate acestea, era păcat pentru că, de fapt, Ella făcea toate eforturile pentru a duce o viaţă sănătoasă chiar dacă nu mergea la sală în mod regulat. Ura să aibă de-a face cu zânele, cum le numea ea pe fetele foarte slabe, care de obicei umpleau sălile de antrenament şi care o judecau din cauza siluetei ei pline.

Ella se simţea comfortabil în pielea ei, dar prefera să evite neplăcerile atunci când aceasta era posibil.

Şi totuşi, conştientă că trebuia să aibă o viaţă sănătoasă, femeia făcea mişcare în fiecare zi, alergând în sus şi în jos pe scări în loc să ia liftul pentru a compensa pentru viaţa sedentară de la birou. De asemenea, făcea plimbări lungi în fiecare zi, ba chiar înnota pe cât de mult posibil. O făcea în mod obişnuit, cel puţin de trei ori pe săptămână, chiar dacă de multe ori îi era dificil să găsească timp pentru piscină în agenda ei plină de fiecare zi. În afară de acesta, se antrena şi la un dojo, cu oarecare regularitate.

Ella ridică din umeri imperceptibil, iar apoi se îndreptă spre o masă. Jo o urmă, privind în jur cu scepticism.

Tânăra îi măsură cu privirea pe cei câţiva bărbaţi din sală care purtau un costum, iar sprâncenele i se adunară pe frunte. Nici unul dintre acei bărbaţi nu părea potrivit. După ce luă loc, Jo mai mătură o dată sala mare cu privirea, iar apoi se întoarse spre Ella.

— Nu cred că ai ales prea bine în seara aceasta, Ella. Nu prea văd mulți tipi eligibili pe aici.

— Probabil că nici nu sunt, îi răspunse Ella cu indiferență, ridicând din umeri. Dar, te rog, păstrează-ți mintea deschisă, Jo, o imploră ea. Și, te rog, nu uita că nu am ales acest bar pentru o bună selecție pentru tine, ci pentru mine. Ți-am spus că am un plan specific în minte, spuse ea, luând de asemenea loc, iar mai apoi, încercând să se relaxeze, luă meniul de pe masă pentru a vedea ce ar putea comanda.

— Bine, înțeleg asta, desigur, o asigură prietena ei, aplecându-se persuasiv în față. Dar mi-e teamă că nu vei găsi bărbatul potrivit aici, Ella. Trebuie să cauți pe cineva care are clasă, cineva diferit de Colin, insistă Jo, fluturând din mână, nefiind pregătită să renunțe la subiectul de discuție.

— Diferit de Colin este moto-ul zilei, Jo, crede-mă, răspunse Ella cu emfază, dând din cap.

În același timp, femeia frunzărea prin meniu, ocupată cu selecționarea preferințelor sale.

— Și cu toate acestea, asta înseamnă că sunt în căutarea cuiva care este eligibil în ochii mei, nu ai tăi, sublinie ea. Nici nu știu cum să pun suficientă emfază asupra acestui lucru. Știi foarte bine că avem gusturi diferite, Jo, spuse Ella, ridicându-și privirea din meniu și privind cu hotărâre direct în ochii lui Jo.

Știa ea că trebuia să se asigure că Jo înțelegea care era poziția ei în seara aceea. Prietena ei nu se găsea acolo pentru a face alegerea în locul Ellei, ci doar pentru a-i oferi companie.

Jo se încruntă la ea şi îşi strânse buzele cu îndărătnicie, dar, spre bucuria Ellei, nu mai spuse nimic. Dimpotrivă, ridică şi ea un meniu de pe masă pentru a vedea ce avea barul de oferit. Trecu antreurile în revistă mai întâi, iar mai apoi trecu la băuturi, strâmbând din nas la unele dintre ele.

— Nu ştiu nici măcar jumătate din chestiile astea, exclamă ea uluită. Tu ce vei comanda? se întoarse ea spre Ella, neputând să se decidă din cauza confuziei.

— Ei bine, mă cunoşti, doar. Când am dubii, întotdeauna merg cu ce ştiu. Aşa că voi comanda un cheesburger cu cartofi prăjiţi şi o bere fără alcool pentru început. După aceea, voi încerca prăjitura cu trei straturi de ciocolată şi voi lua o băutură răcoritoare.

— Oh, chiar poţi mânca atât de mult? o întrebă Jo cu ochiii mari din cauza uluielii.

Ochii îngustaţi ai Ellei se fixară asupra ei pentru câteva secunde, iar mai apoi, femeia îi răspunse:

— Da, Jo, pot, şi la fel de bine ai putea şi tu dacă ai fi în locul meu. Nu am mâncat absolut nimic toată ziua. Plus că nu particip în competiţia pentru cea mai subţire fată din ţară, Jo. Îţi las ţie acea onoare dacă o vrei. Ştii foarte bine că nu îmi place să pretind că aş fi ceva ce nu sunt.

— Ştiu, dar... nu îi vei îndepărta pe toţi tipii cu chestia asta? spuse Jo, fluturându-şi mâna spre ceilalţi ocupanţi ai barului. Şi doar tu ai spus că te grăbeşti... copiii şi aşa mai departe...

— Mă grăbesc, e adevărat, dar asta nu înseamnă să pretind că aş fi altfel decît sunt. Cât de mult bine mi-ar face aşa ceva pe timp îndelungat? Nu voi fi capabilă să mănânc doar salată sau bucăţele de fructe toată viaţa, nu-i aşa? se răsti Ella la Jo, ajunsă la capătul răbdării.

BĂRBATUL APROAPE PERFECT

O clipă după aceea, ochii îi căzură pe bărbatul pe care îl remarcase la intrarea în bar. Acesta se găsea chiar lângă masa lor, ascultându-le discuţia, cu un rânjet imens pe chip.

Se părea că bărbatul se postase acolo de ceva vreme şi că se distra de minune ascultându-le conversaţia. Cu toate acestea, cele două femei fuseseră atât de prinse în cearta lor că nici nu îl observaseră.

Ella simţi nevoia de a se ascunde sub masă, dar nu înainte de a o pocni pe Jo peste cap cu un pietroi dacă ar fi fost posibil. Jo mereu o cicălea cu lucruri neimportante, făcând-o să uite de lucrurile mai importante, cum ar fi fost să observe un tip bine, care stătea în picioare lângă masa lor.

Bărbatul îi întinse mâna şi pe un ton vesel spuse:

— Eu sunt Mark.

Mai întâi, ochii Ellei fugiră spre mâna lui, pentru ca mai apoi să se ridice spre ochii lui. Mai că se aşteptase să descopere un zâmbet maliţios şi o privire batjocoritoare, aşa că fu plăcut surprinsă să observe că omul nu încerca să îşi bată joc de ea.

Îi strânse mâna, spunând:

— Eu sunt Ella. Iar aici este prietena mea, Jo, îşi aplecă ea capul spre însoţitoarea ei.

Bărbatul încercă să îi strângă mâna şi lui Jo, dar aceasta îşi întoarse nasul în aer şi pretinse că nu i-a observat gestul. Atitudinea ei o înfurie pe Ella, care niciodată nu scuzase snobismul.

— Jo, mai că mârâii ea la prietena sa, iar izbucnirea ei îl făcu pe Mark să surâdă din nou.

Pentru o clipă, lui Mark îi fusese teamă că făcuse o greşeală venind la masa lor. Nu se aşteptase ca femeile să îl trateze cu dispreţul rezervat ziarului din ziua precedentă.

Cu toate acestea, avusese noroc. De la început, pe el îl interesase Ella, iar aceasta nu era la fel de distantă ca și prietena ei. Atitudinea ei față de el, precum și zâmbetul de pe buzele ei îl făcură să se simtă în largul său.

— Bine, bine, protestă Jo, calificând atitudinea Ellei ca lipsită de maniere. Eu sunt Jo, spuse ea cu animozitate și îi strânse mâna lui Mark, fără să se obosească să-și ascundă neplăcerea.

— Deci, ce părere aveți, fetelor, v-ar deranja dacă mă alătur vouă la masă? întrebă el, continuând să-i zâmbească Ellei și încercând să nu privească spre prietena ei.

— Da, spuse Jo pe un ton aspru.

— Nu, răspunse Ella în același timp, cu veselie în glas.

Cu toate acestea, surâsul prietenesc de pe buzele ei se transformă într-o grimasă când înregistră cuvintele prietenei ei.

— Ce naiba, Jo? întrebă ea pe un ton înghețat privind-o pe tânăra femeie cu ochi reci.

Ella considerase că reușise să-i explice lui Jo totul cât mai clar de la început. Deja îi arătase că avea un țel specific în minte și că ea va fi cea care va face alegerea pretendenților posibili, și nu Jo.

Jo ridică din umeri cu indiferență.

— Bine, nu mă deranjează dacă vrei să stea cu noi, desigur, dar dacă mă întrebi pe mine...

— Nu te întreb pe tine, o întrerupse Ella cu asprime, încruntându-se și mai amarnic.

Mai apoi se întoarse spre Mark și îl întrebă pe un ton dulce:

— Ți-ar plăcea să iei loc la masa noastră, Mark?

BĂRBATUL APROAPE PERFECT

O fi fost vocea femeii dulce, dar lucirea metalică din ochii ei îl atenționară pe Mark că aceasta era furioasă, iar el nu dorea să fie recipientul mâniei ei. În ciuda acelei observații, bărbatul considera ciondăneala femeilor amuzantă, așa că dădu din cap afirmativ și luă loc alături de Ella.

Bărbatul le observase când intraseră în local și se abținuse cu greu să nu fluiere la vederea perechii izbitoare pe care o formau. Cele două femei erau la fel de diferite precum noaptea de zi, dar lui cel mai mult îi plăcuse cea scundă, cu părul scurt și închis la culoare, fiind exact genul de femeie pe care îl dorea.

— Deci ce ai dori să comanzi? o întrebă el pe Ella, concentrându-și atenția asupra ei, făcând abstracție de prezența lui Jo.

Tânăra femeie îi înțelese manevra și își îngustă ochii. Aparent, era rândul ei să fie ignorată, chiar dacă ea nu se așteptase la așa ceva.

Dar femeia nu avea de gând să accepte să fie tratată astfel. Jo nutrea convingerea că oamenii îi doreau compania, doar întotdeauna fusese mai căutată și mai apreciată decât Ella.

Dar, în fond, la ce te poți aștepta de la un bărbat în blugi? se gândi ea și surâse afectat, fără țintă precisă.

Comportamentul ei, însă, nu trecu neobservat de ceilalți doi.

— Este ceva în neregulă, Jo? o întrebă Ella pe același ton dulce din nou, care îi amintea lui Mark de o pisică sălbatică, provocată puțin prea mult și, chiar dacă bărbatul nu înțelegea de ce, acel gând îl făcu să o placă pe femeie și mai mult.

Întrebarea Ellei era mai mult retorică. Ea ghicise deja gândurile lui Jo. Nu era prima dată când prietena ei trata pe cineva cu dispreț numai pentru că acea persoană nu purta costumul de CO.

Ella considera că acea percepție a prietenei ei era greșită. Tipii de acel gen nu își puteau petrece toată viața în costum și cu cravata legată la gât. Chiar și ei mai trebuiau să se relaxeze din când în când, iar acel lucru presupunea să renunțe la acel costum.

— Nu, totul este în regulă, își scutură tânăra femeie capul. Dar dacă tu crezi că te descurci singură de aici încolo, m-aș duce să mă întâlnesc cu niște prieteni. Le-am spus că voi trece pe la ei dacă am timp, îi explică Jo pe un ton princiar, care spunea *nimic din ceea ce faci nu mă poate atinge*.

Pe Ella o mustra oarecum conștiința să îi facă vânt prietenei sale. Nu oricine ar fi însoțit-o în oraș pe nepusă masă, iar Jo chiar făcuse un efort. În mod normal, aceasta ar fi avut nevoie de o zi sau două ca să decidă.

Dar, din păcate, Ella se săturase deja de aerele lui Jo pe seara aceea, așa că își înăbuși criza de conștiință și decise să o ajute pe prietena ei să își facă ieșirea cât mai iute.

— Ei bine, atunci nu ne lăsa să te reținem, Jo, își flutură ea degetele. Dacă ai alte angajamente, atunci chiar trebuie să le onorezi. Noi doi ne vom descurca de minune, nu-i așa, Mark? se întoarse ea spre Mark cu un surâs pe buze, dar bărbatul imediat observă că acel zâmbet nu se zărea și în ochii femeii.

Poziția corpului ei îi spuse acestuia că tânăra femeie era încordată ca o coardă de vioară, așa că, pentru a o face să se destindă, îi surâse și, cu o aplecare a capului, îi aprobă sugestia.

Oricum, îi convenea şi lui noua evoluţie a situaţiei. Simţea că Jo nu-l plăcea, deşi nu îşi putea da seama care erau motivele ei.

În mod normal, el nu avea astfel de dificultăţi cu nici o femeie. Femeile erau mai mult decât dornice să i se agaţe de gât.

Problema lui Mark era că el nu ştia dacă o făceau pentru că îl voiau pe el, bărbatul, sau statutul şi banii lui. Omul avusese experienţe cu ambele tipuri de femei, iar după o vreme, încetase să-i mai pese de motivele lor.

Bărbatul se limita să ia doar ce voia de la ele şi, în afara unei distracţii de o noapte sau două, nu le dădea nimic în schimb.

Jo îşi luă la revedere de la ei, dar nu înainte de a o privi pe Ella cu reproş, convinsă că individul acela nu merita ca prietena ei să-şi piardă vremea cu el. De altfel, o compătimea pe Ella pentru că aceasta căzuse cu atâta uşurinţă în braţele lui.

Tânăra femeie înţelegea că Ella începuse să simtă că ceasul ei biologic bătea trecerea timpului şi, într-un fel, intrase în panică. Cu toate acestea, după părerea lui Jo, aceasta nu însemna că trebuia să uite ce înseamnă manierele şi educaţia. Diferenţele tot ar fi apărut la suprafaţă când s-ar fi aşteptat mai puţin, iar consecinţele ar fi fost nu numai neplăcute, ba chiar şi distructive.

CAPITOLUL CINCI

Trimițând-o pe Jo la plimbare, Ella simți mușcătura vinovăției pentru o clipă. Știa, însă, că prezența prietenei sale i-ar fi stricat seara în întregime pentru că era clar că aceasta îl displăcuse pe Mark la prima vedere și nu dorea ca Ella să vorbească cu el.

Privirea Ellei o urmări pe Jo părăsind barul, iar apoi se întoarse spre Mark. Spre surpriza tinerei femei, ochii bărbatului erau ațintiți asupra ei. S-ar fi așteptat ca acesta să privească lung după prietena ei, iar lipsa lui de interes față de picioarele lungi și bine formate ale lui Jo o ului. Cum bărbatul o fixa cu privirea, nervozitatea îi înlocui Ellei șocul în câteva secunde.

— Este ceva în neregulă cu mine? îl întrebă ea. Poate am ceva pe față, își trecu ea grăbită degetele peste obraji. Te holbezi la mine. Știi asta, nu-i așa? spuse ea.

Mark își scutură capul cu un surâs.

— Ești gata să comandăm mâncarea? o întrebă el. Tocmai voiam să îmi iau ceva atunci când ai sosit, dar am dat cu ochii de tine și mi-a zburat complet din minte, își flutură el degetele. Asta nu înseamnă că nu mi-e foame, adăugă el cu un surâs, făcându-i cu ochiul.

— Deja ai auzit ce vreau, nu-i așa? îl întrebă ea, aplecându-și capul pe o parte și privindu-l printre ochii îngustați, convinsă că bărbatul va nega și, astfel, ea îl va prinde cu minciuna.

41

— Da, am auzit, dădu el din cap cu seriozitate. Cheesburger, cartofi prăjiți, prăjitura cu trei straturi de ciocolată și o bere fără alcool, recită el comanda ei. Am reținut bine?

Ea dădu din cap amuzată, iar el râse, făcându-i semn unei chelnerițe să vină și să le ia comanda. Ella nu știa ce să creadă despre el, așa că se decise să aștepte și să vadă cum se desfășurau lucrurile.

Chelnerița o porni spre masa lor cu un balans vizibil de șolduri. Buzele i se curbaseră într-un zâmbet larg, pe care îl direcționă spre Mark, în același timp ignorând prezența Ellei.

Măsurând-o pe ospătăriță cu ochii înorați, buna dispoziție a tinerei femei se evaporă. O singură privire o asigură că aceasta era genul de femeie care făcea ca inimile bărbaților să bată mai repede, iar astfel de femei întotdeauna o puneau pe Ella în umbră, ceea ce era ultimul lucru pe care aceasta îl dorea în acel moment.

— Vom lua doi cheeseburgeri cu cartofi prăjiți, două beri fără alcool și două prăjituri cu trei straturi de ciocolată, îi prezentă Mark comanda lor femeii pe un ton sec, iar după un *mulțumesc* indiferent, se întoarse spre Ella.

Atitudinea lui părea oarecum nepoliticoasă față de chelnerița astfel concediată, dar îi îmbunătăți starea de spirit a Ellei.

Nu avea de unde să știe dacă atitudinea lui era menită să-i ia ei ochii, dar, pe moment, acel lucru nu avea nici cea mai mică importanță pentru ea. Ella știa că într-o situație similară Colin i-ar fi ignorat prezența complet și ar fi flirtat cu chelnerița, iar acel lucru o mâniase mereu.

De data aceasta, chelneriţa se văzu în situaţia de a pleca supărată, însoţită de urările de *cale bătută* ale Ellei, cărora aceasta nu le dădu viu grai.

Tânăra femeie nu era răutăcioasă de felul ei, dar nu înţelegea de ce întotdeauna o ignorau chelneriţele atunci când era însoţită de un bărbat. Atitudinea lor îi spuneau *Tu nu contezi. Dispari.*

— Deci hai să ne cunoaştem mai bine, propuse Mark, iar Ella tresări şi se întoarse spre el cu ochii rotunjiţi.

Surprinsă, Ella nu ştiu ce să îi răspundă, mai ales că nu semnase prezenţa pe scena întâlnirilor romantice în mai bine de trei ani. Nici măcar înainte nu avusese ea parte de prea multe întâlniri de acel gen.

Crescând mai ales între băieţi, nu îşi dezvoltase aptitudinile de a flirta, ceea ce constituia un adevărat handicap. Probabil din cauza aceea se şi complăcuse ea într-o relaţie nocivă cu Colin.

Observându-i expresia de pe chip, Mark izbucni în râs, scuturându-şi capul, iar apoi o bătu pe dosul mâinii.

— Nu ai de ce să te sperii, Ella. Poţi să fii liniştită că nu mă dădeam la tine, îşi scutură el capul din nou, iar buzele i se arcuiră într-un surâs poznaş, care mai adăugă o dimensiune la imaginea lui de băiat rău. Spuneam doar că ar trebui să ne împărtăşim anumite lucruri.

Observând privirea confuză a femeii, Mark o studie câteva clipe, iar mai apoi decise să explice ce dorea să spună.

— Doar ştii tu despre ce vorbesc, îşi flutură el degetele evaziv. Mă gândesc că am putea avea una dintre conversaţiile acelea tipice unei prime întâlniri. Am putea discuta despre munca pe care o facem sau despre culoarea favorită, dacă ne place să citim și ce anume... Lucruri de acest gen, își flutură el mâna neglijent din nou.

Tonul lui jucăuș îi îndepărtă femeii nervozitatea și ea respiră adânc, ușurată că acesta nu avea alte intenții.

— Bine atunci, îi răspunse ea. Pot face asta. Hai, să vedem. Sunt juristă. Îmi place verdele. Citesc romane polițiste și romane de dragoste, uneori chiar cu ceva erotică. Crezi că ți-am răspuns la întrebare? zise ea, arcuindu-și sprâncenele.

— Mda, ai terminat cu trei dintre întrebările mele în mai puțin de un minut. Mă întreb ce altceva am putea face în seara aceasta, spuse el râzând, iar scânteile din ochii lui o îngrijoră pe Ella pentru un moment.

— Ai putea să răspunzi și tu la aceleași întrebări, îi făcu ea cu ochiul, atitudinea lui încurajând-o să fie îndrăzneață și să treacă peste temerile ei de moment.

În mod obișnuit, Ella avea o fire destul de îndrăzneață, dar, cu toate acestea, se simțea cam stângace în fața bărbaților. Rareori știa ce să le spună sau cum să reacționeze când aceștia încercau să flirteze cu ea.

— Da, aș putea face asta, dădu el din cap cu falsă seriozitate, iar buzele ei zvâcniră.

Ella abia se abținu să nu izbucnească în râs, iar el ridică din sprâncene, surâzând. Când se convinse că femeia nu avea de gând să îi întrerupă răspunsul, Mark continuă:

— Cum spuneam, ai dreptate, așa că ar trebui să-ți dau răspunsurile mele, spuse el, iar mai apoi trase adânc aer în piept. Deci, mă ocup de afaceri. Îmi place, de asemenea, verdele, deci ne potrivim la culori. Și îmi place să citesc romane polițiste, numără el pe degete.

Ella îi aproba fiecare alegere cu o scurtă mișcare a capului, ceea ce îl încurajă și mai mult.

— Hei, nu e deloc rău, trase Mark concluzia cu veselie neprefăcută. Chiar că avem niște interese în comun, până la urmă, spuse el amuzat.

Chiar dacă nu era el interesat într-o relație serioasă, Mark tot considera că era necesar ca un cuplu să împărtășească anumite interese. Cel puțin puteau să discute în contradictoriu despre un personaj dintr-o carte în timpul unei seri ploioase când le era prea lene și nu voiau să părăsească canapeaua pentru a ieși în oraș. Oricum, nu ar fi putut umple fiecare clipă a unei întâlniri cu sex.

— Deci, înainte de a intra în discuții serioase, cum ar fi cea despre cărți și autori, zise el, fluturându-și mâna ironic, spune-mi, vii aici în mod obișnuit? o întrebă el.

Ella deschise gura să-i răspundă la întrebare, dar observă că ospătărița tocmai sosea cu comanda lor. Serviciul rapid o surprinse și sprâncenele i se curbară pe frunte.

— Uite, mâncarea noastră este aici, îl anunță ea pe Mark. Sunt moartă de foame, să știi. Așa că, îmi pare rău, dar trebuie să mă ocup de acest burger mai întâi. Eu spun că putem continua cu discuțiile serioase și după aceea.

— Bine faci, o aprobă Mark cu seriozitate. Mie unuia, îmi plac fetele cu o poftă de mâncare sănătoasă. Am avut o relație cu o vegetariană odată, spuse el pe un ton gânditor, scuturându-și capul cu regret.

Ella îl studie cu atenție și ajunse la concluzia că nu părea bărbatul care să fi putut trăi cu o dietă vegetariană.

— Alegerile privind mâncarea erau o sursă continuă de ceartă, spuse Mark, astfel întărindu-i convingerea. Am încercat să renunț la carne, îşi ridică el mâinile cu palmele în sus. Şi am reuşit să mă abţin, cam aşa, vreo două săptămâni. Dar trebuie să îţi spun că am descoperit că aveam nevoie de carne ca să funcţionez, ridică el din umeri. Ştii cum este. Relaţia noastră a decedat din cauze naturale, mai spuse el, făcându-i loc chelneriţei să pună farfuriile de pe tavă pe masă.

Femeia îi aruncă lui Mark un zâmbet larg în timp ce îi aranja mâncarea în faţă cu dichis. Când a început să o servească pe Ella, zâmbetul îi dispăru imediat, de parcă cineva luase un burete şi îl ştersese de pe chipul ei.

Ospătăriţa aruncă o privire spre grămada de cartofi prăjiţi din farfuria Ellei, iar apoi, ochii i se îndreptară cu subînţeles spre şoldurile acesteia. Îşi scutură capul cu regret fals, strângând din buze.

— Da, mănânc cartofi prăjiţi şi nu mă simt deloc vinovată, îi spuse Ella cu hotărâre, ochii ei sclipind cu o duritate neaşteptată.

Cuvintele ei o şocară pe chelneriţa care nu se aşteptase la un atac direct şi femeia, fără să îşi dea seama, se trase un pas în spate.

Mark deja observase că femeia o agresa pe Ella în tăcere şi se pregătise să intervină, dar replica Ellei îl făcu să izbucneascî în râs.

Chelneriţa îşi îndreptă umerii ţâfnoasă şi întrebă din vârfurile buzelor:

— Asta este tot? Mai doriţi altceva?

BĂRBATUL APROAPE PERFECT

Amândoi scuturară din cap şi murmurară un politicos *Mulţumesc,* iar femeia se îndepărtă de masa lor supărată, balansându-şi ritmic şoldurile înguste, nervoasă.

— Nu voi mai comanda nimic chiar dacă ar fi să mor de foame, îi şopti Ella conspirativ lui Mark, aplecându-se spre el. Am auzit că nu este o idee bună să superi personalul de servire. Mulţumesc lui Dumnezeu că a adus şi prăjiturile.

— Da, ştiu, şopti şi Mark la rândul lui. Oricum, a fost nepoliticoasă şi a meritat ce ai spus. Dar trebuie să menţionez că sunt foarte mulţumit că ai aşteptat să vezi mâncarea pe masă mai întâi, surâse el. Îţi dai seama că altfel ar fi trebuit să căutăm un alt loc să luăm masa, iar mie mi-era tare poftă de acest burger. L-am văzut pe farfuria cuiva mai devreme, ştii, şi mi-a făcut cu ochiul, mărturisi el, iar luminiţe drăceşti îi jucară în ochi.

După câteva clipe de solemnă seriozitate, amândoi izbucniră în râs. Ella, scuturându-şi capul, îl pocni pe Mark cu pumnul în braţ de parcă ar fi fost prieteni de ani de zile.

Femeia se simţea în largul ei cu el, iar acel lucru o surprinse din moment ce nu mai încercase o astfel de senzaţie de foarte mult timp. De-a lungul ultimelor luni, prezenţa lui Colin îi adusese doar încordare şi furie. Companion constant în unele perioade, mânia îi era însoţită de migrene şi dureri de stomac teribile, iar, de fiecare dată, după aceea, femeia era prost dispusă zile în şir.

— Eşti o femeie afurisită, remarcă Mark, atrăgându-i din nou atenţia spre el. Şi îmi place asta, adăugă el. Nu ţi-e teamă să spui ceea ce gândeşti şi cred că ăsta e un lucru bun, o asigură el.

Femeia ridică din umeri cu indiferenţă, iar mai apoi, fiindu-i cu adevărat foame, muşcă din cheeseburgerul suculent. O clipă mai târziu, complet absorbită de explozia gustului pe limbă, oftă de plăcere fără ca măcar să îşi dea seama.

În timp ce cheesburgerul lui rămăsese uitat pe farfurie, vrăjit, Mark se holba la gura ei, fascinat de buzele ei pline, peste care aceasta îşi trecea vârfului limbii din când în când.

Bărbatul părea incapabil să îşi desprindă privirea de pe chipul ei, în timp ce femeia lua muşcături mici şi mesteca silenţios. Într-un târziu, Ella îi observă privirea şi intensitatea ei o puse în încurcătură. Încruntându-se, imediat înghiţi ce avea în gură şi spuse:

— Nu-mi spune că eşti unul dintre tipii ăia care se excită atunci când privesc o femeie mai plină mâncând, spuse ea pe un ton morocănos, fiindu-i teamă că ajunsese să trăiască cel mai oribil coşmar al ei.

Auzise că astfel de oameni existau şi că aceştia îşi găseau plăcerea fie privind persoane grase mâncând, fie hrănindu-le ei înşişi. Ella reuşise întotdeauna să evite astfel de grupuri. O fi avut ea câteva kilograme în plus, dar aceasta nu însemna că voia să se implice în acea cultură.

Ella avea nevoie de o relaţie sănătoasă, piperată cu râsete şi conversaţii. Cum nu era trecută de şaptezeci de ani, voia, de asemenea, o viaţă sexuală bună, iar, la final, dorea să se îndrepte spre altar.

Nu îşi făcuse planuri mai departe de nuntă pentru că nu îşi putea imagina cum ar fi arătat viaţa ei de femeie căsătorită neavând bărbatul perfect sau bărbatul aproape perfect în faţa ochilor. Ştia, însă, că îşi dorea copii şi să împartă o viaţă confortabilă cu bărbatul iubit.

Cum Mark nu îi răspunse, Ella continuă să îl fixeze încruntată. Într-un final, acesta trecu de șocul său inițial și își scutură capul uluit.

— Ah, nu, nu te teme de așa ceva, gesticulă el. Nu am nici un fel de legătură cu acel tip de cultură. Îmi plac femeile mai pline, e adevărat. Altfel nu aș fi încercat să intru în vorbă cu tine. Dar te priveam din cauza sunetelor pe care le scoteai. Genul acela de sunete au un efect straniu asupra pantalonilor mei. Știi, au tendința să se strâmteze, îi explică Mark.

Ella se înroși și își mușcă buza inferioară privindu-l pe sub gene. Încă nu avusese ocazia să i se vorbească atât de deschis.

Lui Colin nu i-ar fi trecut prin cap un astfel de inuendo, iar în afară de el, femeia nu avusese decât doi iubiți, care nici ei nu-i spuseseră niciodată ceva asemănător. Tânăra femeie se întrebă dacă nu cumva Mark era prea mult pentru ea, dar, în ciuda acelor gânduri, abordarea lui directă îi plăcea.

Cuvintele lui îi injectaseră adrenalină prin vene și femeia se simțea mai plină de energie, ceea ce era un contrast binevenit cu viața pe auto-pilot pe care o dusese în ultimele luni.

Chiar dacă nu o recunoscuse în trecut, Ellei îi lipsese acel ceva mai special care transforma viața mundenă în ceva uimitor, acidulat de bulele unei șampanii bine agitată. Trecuse destulă vreme de când nu mai simțise nici un fel de furnicături pe sub piele sau fluturi în abdomen. Nici măcar nu se mai așteptase la așa ceva.

Nu că i-ar fi oferit Colin prea multă magie după ce se încheiaseră primele două luni oficiale după ce începuse o relație cu el.

Ştia, însă, că era şi vina ei. Obosită să tot caute, se mulţumise cu ceea ce avea Colin de oferit, iar acel lucru fusese o greşeală. Cu încăpăţânare, se luptase să menţină acea relaţie cu el pe linia de plutire numai pentru că nu reuşise aşa ceva înainte. Întotdeauna îşi dădea frâu liber la gură şi spunea totul prea pe şleau.

— Văd că ţi-a mâncat pisica limba, o tachină Mark, iar un zâmbet satisfăcut îi apăru pe buze.

Bărbatul îşi clătină capul satisfăcut, iar mai apoi, îşi luă şi el burgerul de pe farfurie şi muşcă zdravăn din el. Începu să mestece cu sârg, iar o lumină maliţioasă îi străluci în ochi.

Cum nu avea nici cea mai mică idee despre ce ar fi trebuit să spună sau ce să facă, Ella că îşi luă berea de pe masă şi îşi clăti gâtlejul, închizând ochii preţ de câteva secunde şi încercând să se regrupeze.

Când consideră că a reuşit să se adune suficient de mult pentru a face faţă tachinării lui, femeia deschise ochii şi tresări. Pe nepusă masă, Mark mai că o atingea. Se sprijinise în coate pe masă, aplecându-se spre ea.

— Ce părere ai dacă am dansa? o întrebă el în şoaptă.

Ella mai că se strâmbă. Se aşteptase la cu totul altceva din partea lui. Îl privi fix, iar mai apoi, îşi întoarse ochii spre ringul de dans, unde mai multe cupluri se mişcau în ritmul unui blues fierbinte.

Două cupluri îi atraseră privirea din cu totul alte motive, iar sprâncenele Ellei se arcuiră sus pe frunte. Ochii ei larg deschişi nu se puteau dezlipi de cele două perechi.

BĂRBATUL APROAPE PERFECT

E adevărat că acestea se legănau în ritmul muzicii, dar unul dintre cupluri se săruta cu pasiune în văzul tuturor, cei doi complet pierduți în lumea lor. Cealaltă pereche părea, de asemenea, prinsă în propria pasiune, iar mâinile celor doi hoinăreau peste tot pe trupul partenerului.

Ella își întoarse ochii spre Mark și îl surprinse din nou fixând-o cu privirea, iar, de data aceasta, spre marea ei ușurare, nu mai mânca. Burgerul ei rămăsese deja uitat pe farfurie.

— Acum ce mai e? îl întrebă ea.

— Nimic, ridică el din umeri. Doar că am impresia că ți-ar place să dansezi, spuse el. Aștept doar să mi-o spui.

— Da? Și ce te face să crezi că...

— Dai din picior în ritmul muzicii și pianotezi cu degetele pe tăblia mesei, o întrerupe el, gesticulând spre mâna ei.

— Ah, asta. Nu mi-am dat seama, replică ea cu nonșalanță, dar se mustră pe sine însăși pentru lipsa de control.

— Dar ți-ar place să dansezi, nu-i așa? i-o întoarse Mark, neslăbind-o din priviri.

— Tu chiar vrei să dansezi cu mine, murmură ea, holbându-se la el, uimită de insistența lui.

Din câte observase ea, bărbații rar se ofereau să danseze.

— Da, vreau să dansez cu tine, sublinie el. Acum. Chiar aici, specifică el. Deci, ce spui? își deschise el brațele, ochii lui neslăbind-o nici măcar o clipă.

— Nu vrei să-ți mănânci mâncarea mai întâi? Înainte de a se răci? spuse ea, arătând cu bărbia spre farfuria lui.

Bărbatul o privi câteva secunde, iar apoi își întoarse ochii spre farfuria lui. Părea să reflecteze la întrebarea ei, iar Ella chiar spera că Mark se va decide să termine de mâncat mai întâi.

Nu era niciodată o idee bună să laşi mâncare sau băutură pe masă într-un loc pe care nu l-ai mai vizitat înainte şi unde nu cunoşteai pe nimeni. Citise ea despre o mulţime de cazuri neplăcute şi nu s-ar fi bucurat ca şi ei doi să ajungă parte dintr-o statistică.

— Bine, Ella, hai să mâncăm ca să putem dansa. Am un chef nebun să dansez cu tine în seara aceasta, îi făcu el cu ochiul.

Încă o dată, Ella simţi galopul adrenalinei prin vene şi înţelese că fiind cu Mark nici măcar nu era nevoie să bea alcool pentru a fi intoxicată.

Atitudinea bărbatului era deconcertantă, dar, mai important, reacţiile ei vizavi de el o copleşeau.

Mark îşi mâncă burgerul în mai puţin de şase secunde, ceea ce o surprinse, mai ales că nu se comportă ca un porc, ci păru chiar civilizat. Cu toate acestea, bărbatul îşi termină burgerul mai repede decât îi trebui ei să îşi adune gândurile.

Ocupată să îl privească, Ella uitase de mâncarea ei, iar Mark îşi ridică o sprânceană interogativ, arătând spre farfuria ei cu bărbia. Femeia îşi luă burgerul şi muşcă din el, mestecând foarte lent ca să câştige timp ca să reevalueze situaţia care o transformase într-un şoricel prăpădit, vânat de marele motan al urbei.

Femeia îşi ronţăi mâncarea, dar atenţia îi rămase concentrată asupra bărbatului. Nici gustul burgerului nu se mai făcea simţit pe limba ei.

BĂRBATUL APROAPE PERFECT

Mark păruse perfect de la distanţă, dar de aproape Ella putea să observe că nasul bărbatului fusese rupt în trecut şi chiar de mai multe ori. O cicatrice îi despărţea sprânceana în două bucăţi inegale stufoase, iar o altă cicatrice profundă îi marca bărbia şi îi dădea un aer încăpăţânat.

Ella găsea că era un bărbat interesant, dar, cu toate acestea, nu putea trece peste unele inconsistenţe din comportamentul lui care o uimeau.

La prima vedere, Mark părea să fie coşmarul oricărei mame de liceană, cu aparenţa de băiat rău, ce poseda o motocicletă, purta jachete de piele şi era invitat în biroul diretorului liceului cu regularitate.

De-a lungul anilor de liceu, Ella visase la cei ca el, dar, evident, aceştia niciodată nu-i acordaseră vreo brumă de atenţie. Etichetată ca tocilară, grupul ei de prieteni se găsea la spectrul diametral opus.

Ştiind toate acestea, alegerea bărbatului de a-şi petrece seara cu ea părea cu totul ieşită din comun, iar faptul că acesta încerca să o şi convingă să danseze cu el, era de neconceput.

După ce analiză toate elementele pe care le avea la dispoziţia ei, Ella trase concluzia că imaginea de băiat rău era, de fapt, o fabricaţie.

Comportamentul lui general, precum şi maniera politicoasă de a mânca, în ciuda vitezei, dovedeau că bărbatul era departe de impresia pe care acesta dorea să i-o lase. Problema ei era că nu putea să îl clasifice într-una din nişele pe care le cunoştea bine.

Ella nu simţea nevoia să aibă dreptate întotdeauna, deşi ar fi fost frumos ca cel puţin o dată să fie corectă în aprecierile ei. De aceea, o frustra enorm că nu putea să-l citească pe Mark aşa cum trebuia.

Mark observă că femeia încerca să-l descifreze şi un surâs ironic îi apăru pe buze. *Îţi urez noroc, păpuşă*, îi ură el sarcastic în gând.

Pe el nu îl deranja efortul ei de a-l include într-un grup bine definit. Încercaseră şi altele înaintea ei, dar el nu era uşor de clasificat sub una dintre etichetele obişnuite

Avusese el grijă să nu mai fie uşor de clasificat. Putea juca orice rol pe care îl alegea şi nu se mai lăsa citit de nicio femeie. O dată îi ajunsese. Refuza să mai devină ţinta vreunui complot.

Mark devenise maestru în a-şi ascunde adevăratele culori. Un adevărat cameleon, intenţiona să treacă prin viaţă fără a lăsa vreo femeie să îi ghicească gândurile. Încă mai simţea durerea de a fi luat de fraier, chiar dacă de atunci trecuse cu rapiditate de la o femeie la alta.

Mark ieşea la vânătoare aproape în fiecare seară. De obicei, se întâlnea cu o femeie de vreo două ori. Uneori, ajunge să se vadă cu ea de trei sau patru ori dacă femeia era destul de interesantă, dar nicio relaţie de-a lui nu depăşea o lună, în principiu.

Mark nu căuta o femeie cu care să trăiască până la adânci bătrâneţi pentru că nu mai credea în aşa ceva. Nu îl interesa decât să se distreze, să aibă cu cine râde şi să se bucure de câteva sesiuni de sex fantastic, dacă era posibil. Nu simţea urgenţa de a se însura şi de a avea copii imediat.

BĂRBATUL APROAPE PERFECT

Mark nutrea convingerea că seara petrecută cu Ella se va vădi interesantă. Femeia era amuzantă, inteligentă și vorbea pe șleau.

Nu era el prea sigur că va ajunge și la sex, dar oricum decisese să-și încerce norocul, așa că își atacă prăjitura, privind-o pe Ella mâncându-și burgerul încet. Ochii inteligenți ai femeii îl evaluau cu grijă, ceea ce îi plăcu.

Voia el doar să se amuze, dar aflase deja că nu se putea simți bine cu o femeie care nu era suficient de inteligentă pentru a-l incinta. Nu găsea nici un fel de provocare în a cuceri o femeie de acel gen, iar lui Mark întotdeauna îi surâsese o provocare bună.

CAPITOLUL ȘASE

Într-un final, Ella își termină desertul, iar Mark o luă de mână și o conduse pe ringul de dans. Un alt blues senzual se filtra în atmosferă, iar izul dorinței intense emana din porii perechilor care dansau. Cum melodia i se insinua și lui în sânge, bărbatul le putea înțelege dorințele.

Mark o luă pe Ella în brațe și o trase mai aproape de el. La atingerea ei, un fior îi străbătu trupul și bărbatul clipi uluit. Simțise aproape întotdeauna plăcere când simțea trupul unei femei alături de al lui, dar niciodată nu simțise ceva atât de puternic.

Acea conexiune ciudată dintre ei doi îl sperie. Mai mult, trupul lui îl trăda, recunoscându-l pe al ei la un nivel primar.

Deși înfricoșat, tot simți nevoia să își alinieze trupul cu al ei pentru a gusta acea experiență fără precedent la maximum.

Ella își înlănțui brațele în jurul gâtului lui și își lăsă corpul să-i copieze mișcările. Mark era mai înalt decât ea, astfel că femeia își putea odihni capul pe pieptul lui. Ochii lui se fixară pe creștetul ei, iar mirosul părului ei proaspăt șamponat îi gâdilă nările.

La început dansară lent, încercând să-și găsească ritmul împreună. După aceea, Mark o trase mai aproape de el. Bărbatul își alinie pelvisul de corpul ei, iar ea icni ușor, pierzându-și și ritmul pentru câteva secunde, ceea ce îi aduse omului un surâs pe buze.

— Chiar trebuie să stăm atât de aproape unul de altul? şopti ea, ridicându-şi privirea spre chipul lui.

Lui Mark îi plăcu uşora îmbujorare a feţei ei şi se mulţumi să îi zâmbească enigmatic. Îi răspunse la întrebare apropiându-şi şi mai mult de ea partea de jos a corpului, iar ochii Ellei se rotunjiră şi un tremur uşor îi străbătu femeii trupul.

Nu e rău pentru un fost papă lapte, mustăci Mark, mândru de sine, iar după aceea îşi aplecă capul pentru a-i săruta buzele şi a o gusta.

Ella îi observă mişcarea şi imediat înţelese că Mark dorea să o sărute. Problema era că ea nu ştia ce să facă. Bărbatul se mişca mult prea iute şi prea curând pentru ea.

Tânăra era destul de deşteaptă şi de realistă ca să înţeleagă care erau intenţiile acestuia. Mark nu voia decât să petreacă o noapte cu ea. Cu toate acestea, ea nu ştia dacă ar fi putut să petreacă noaptea cu el sau dacă, măcar, ar fi dorit aşa ceva, indiferent cât de atractiv era bărbatul.

Femeia era departe de a fi puritană, dar întotdeauna simţise nevoia să îl cunoască pe bărbatul cu care urma să împartă aşternutul şi, chiar mai important de atât, trebuia să şi simtă ceva pentru acel bărbat.

Nu exista nici o îndoială că sexul era bun pentru sănătate, mai ales atunci când era cu adevărat grozav.

Şi totuşi, nu era ea genul care să facă sex numai pentru că exista un bărbat disponibil pe moment, aşa că se îndoia că ar fi putut să i se dăruiască lui Mark numai de dragul sexului.

În afară de aceasta, nu ar fi ajutat-o cu nimic în planurile sale de viitor dacă ar fi cedat farmecului unui bărbat în câteva minute de la prima întâlnire.

BĂRBATUL APROAPE PERFECT

Ella nu mai făcuse dragoste de multă vreme, iar trupul lui Mark trezea în ea multe lucruri pe care le uitase. Şi totuşi, femeia nu avea de gând să cedeze la presiunea lui sau, cel puţin, nu în seara aceea.

Cum bărbatul o ispitea amarnic, Ella se oţeli împotriva tentaţiei. Se trase câţiva centimetri înapoi, chiar dacă el o strângea în braţe. Îşi ridică ochii spre el, căutând cele mai potrivite cuvinte pentru a-l face să înţeleagă ce voia să spună fără a-l jigni. În acelaşi timp, se gândi cu regret că i-ar fi plăcut să aibă parte de o a doua întâlnire cu el.

— Fără îndoială, dansezi bine, Mark. Şi eşti bun şi la învârtit cuvintele. Sunt convinsă că o ştii şi nu ai nevoie să îţi spun eu asta. Tocmai mă întrebam dacă eşti irlandez. Chiar m-ai surprins de câteva ori, ceea ce înseamnă ceva. Nu eşti deloc plictisitor. Mi-ar place să petrece noaptea vorbind şi râzând cu tine. Mi-ar place la nebunie să ajung să te cunosc mai bine. Dar sper că îţi dai seama că acesta va fi singurul lucru care se va întâmpla în seara aceasta, da? îi spuse ea cu o uşoară ezitare în voce, temându-se de răspunsul lui.

Mark o privi fix câteva secunde, dar ea nu reuşi să citească nimic în ochii lui opaci. Nu îşi putea da seama dacă vorbele ei îl dezamăgiseră sau necăjiseră.

Deodată, acel surâs obraznic i se urcă din nou bărbatului pe buze, iar apoi Mark se aplecă şi o sărută scurt. Buzele lui le atinseră pe ale ei o secundă numai, dar o secundă a fost de ajuns.

Nervii din buzele ei tresăriră, pentru ca mai apoi să arunce săgeţi de dorinţă prin toate cotloanele corpului ei. Sânii îi fremătară, iar abdomenul i se cutremură, cerşind mai mult.

Voinţa i se clătină pentru o clipă, iar femeia îşi adună ultimele vestigii ale voinţei, ştiind că nu putea ceda.

Sex de dragul sexului nu prezenta nici o importanţă pentru Ella. Ea trebuia să îl cunoască mai bine pe Mark înainte de a da curs dorinţelor ei şi, de asemenea, trebuia să rămână loială planurilor sale dacă dorea ca viaţa ei să urmeze drumul corect. În fond, o noapte petrecută cu Mark i-ar fi oferit o amintire pentru mai târziu, dar nu ar fi fost un pas înainte pentru a-şi atinge ţelurile.

Ella îşi lăsă din nou capul pe pieptul lui, lăsându-se învăluită de plăcerea de moment şi de iluzia temporară că se putea baza pe acel bărbat care părea atât de puternic.

Mark nu s-ar fi întos necăjit acasă din cauză că partenerul său avea mai mulţi pacienţi, iar el rămăsese undeva în urmă. Nu s-ar fi plâns că maşina îi era în service şi el a trebuit să ia metroul spre clinică de dimineaţă, astfel ajungând prea târziu pentru prima sa programare, iar doamna Adams plecase deja când el a ajuns la cabinet.

Ella îndepărtă acele gânduri cu hotărâre. Colin nu mai făcea parte din viaţa ei şi ea nu mai dorea să îşi iroseacă timpul gândindu-se la el.

Ella şi Mark dansară pe o altă melodie în tăcere. De-a lungul întregului dans, palma lui Mark îi alintă spatele, iar Ella chiar putea să jure că a simţit şi buzele bărbatului pe creştetul capului de câteva ori.

Fâstâcită şi pentru a nu fi nevoită să vorbească despre tot ceea ce se petrecea, femeia pretinse să nu bage în seamă acţiunile lui Mark, deşi acestea erau tortură curată, iar ea abia reuşea să îşi mai mişte picioarele în ritmul cântecului.

Îi era dificil să reziste tandreţei gesturilor sale, mai ales că pe ea o obsedau mâinile oamenilor şi intuia că ale lui Mark s-ar fi simţit minunat pe pielea ei. De aceea, Ella se certă cu ea însăşi preț de câteva momente, dar până la urmă luă hotărârea să-și respecte decizia inițială și să-și asculte instinctul care îi cerea să nu se grăbească.

După alte două melodii liniștite, formația atacă una mai rapidă, iar Ella se gândi că a dansat destul până atunci așa că ar fi fost mai bine să se întoarcă la masă.

Tânăra femeie niciodată nu dansase un astfel de dans cu cineva. Își cunoștea limitele și știa că s-ar fi împiedicat în propriile ei picioare dacă ar fi trebuit să încerce altceva decât un pas la dreapta și poate două la stânga.

Ella încercase să învețe să valseze când sora ei mai mare se căsătorise și insistase să aibă un vals la recepția de nuntă, pe care toată lumea treabuia să-l danseze. După primele trei lecții, profesorul de dans al Ellei a admis înfrângerea pentru prima dată în cei douăzeci și cinci de ani ca instructor de dans.

Ella, pur și simplu, nu simțea ritmul și picioarele i se încordau ori de câte ori încerca să danseze altceva decât un blues sedat. Femeii îi plăcea să danseze și chiar visase să devină balerină pe vremea când avea zece ani, dar până la urmă, a trebuit să accepte că, probabil, avea ea multe alte talente, dar nu acela.

Se părea, însă, că părerea lui Mark era alta. Acesta, o strânse de mână și o învârti, iar de acum, Ella chiar intră în panică. Mark părea hotărât să o facă să danseze pe ritmul rapid al unului rock.

Ella încercă să-și tragă mâna, pentru a se întoarce la masă cu demnitatea intactă. Chiar reuși să articuleze un *nu* sever, dar nivelul decibelilor crescuse, iar Mark fie nu a auzit-o, fie a pretins că nu îi auzea vocea.

Bărbatul îşi petrecu braţul drept în jurul ei şi micşoră şi mai mult spaţiul dintre ei, conducând-o în ritmul rockului. Ella se resemnă şi încercă să îi urmeze paşii.

Mark se aplecă şi mai mult deasupra ei şi îi şopti în ureche pe un ton plin de persuasiune:

— Nu mai fi atât de încordată şi lasă ritmul să-ţi conducă paşii, Ella.

— Da, e uşor pentru tine să spui aşa ceva, i-o întoarse ea cu ţâfnă. Nu am dansat niciodată pe o melodie atât de rapidă, continuă ea supărată, iar un moment după aceea, îşi pierdu ritmul şi se împiedică, proptindu-se în pieptul lui Mark.

Mark o strânse mai tare în braţe, iar apoi, îi şopti înainte de a o învârti spre dreapta:

— Ascultă muzica, Ella. Nu te mai gândi la ce fac picioarele tale. O să vezi că poţi dansa.

Ella se cam îndoia de evaluarea lui şi o sprânceană i se arcui pe frunte, arătându-i lui Mark cam ce părere avea ea despre opinia lui.

Cu toate acestea, femeia nu se mai obosi să-l şi contrazică verbal. În fond, trebuia să se concentreze pe propriile mişcări. De altfel, era convinsă că Mark va avea ocazia să îşi da seama de eroarea cuvintelor sale, atunci când ea îşi va pierde echilibrul, astfel căzând şi trăgându-l şi pe el cu ea la podea.

Instructorul de dans care încercase să o înveţe valsul o calificase pe Ella *o calamitate ce aşteaptă să se întâmple*, dar femeia nu îi purta pică pentru asta. În fond, omul avea dreptate. Nu se întâmpla în fiecare zi ca slujba de instructor de dans să ajungă pe lista de ocupaţii periculoase. Bietul om îşi rupsese braţul încercând să o înveţe pe Ella să valseze.

Şi totuşi, un lucru bun tot ieşise din chestia aceea. Omul a convins-o pe sora ei să păstreze valsul doar pentru ea şi proaspătul ei soţ, spunându-i că, astfel, toată lumea ar putut observa frumuseţea dragostei lor. Surorii ei i-a surâs ideea atât de mult, încât Ella a fost scutită de a se face de râs sau a cauza accidente dansând valsul pe un ring de dans înţesat.

Braţul de oţel al lui Mark o conducea pe Ella cu precizie, iar în tot acel timp, el îi vorbea cu răbdare, chiar dacă încordarea Ellei îi dădea uneori senzaţia că dansa cu o bucată inflexibilă de lemn în braţe.

Cu toate acestea, Mark o făcu să râdă şi, curând, femeia uită complet de dans, iar efortul lui de a o conduce se diminuă. Când dansul se încheie, el îi surâse.

— Vezi că poţi dansa dacă uiţi să te mai gândeşti la paşi?

Năucită, Ella nu îi răspunse. Dansul se terminase fără nici un fel de incident, ceea ce îi conferea lui Mark statutul de vrăjitor. Femeia ridică din umeri, încercând să pară nonşalantă, şi îi răspunse:

— Ei bine, fiecare regulă are şi o excepţie, doar ştii. Într-adevăr, am dansat acum, dar asta nu înseamnă că voi putea dansa din nou.

Bărbatul îşi scutură capul uimit de îndărătnicia ei şi o conduse la masă. Abia se aşezară pe scaune şi-şi traseră răsuflarea că ospătăriţa se şi înfăţişă lângă ei.

— Mai vreţi şi altceva?

Mark o privi pe Ella întrebător şi ea dădu din cap că da.

— Da, aş vrea o coca cola. Dar adu sticla direct la masă, te rog. Nu am nevoie de pahar, spuse ea, amintindu-şi că o înfuriase pe femeie mai devreme şi temându-se de consecinţe.

— Te-ai gândit bine, o aprobă Mark. Aş vrea şi eu una. Obişnuită nu dietetică. Corect? se întoarse el spre Ella.

— Desigur, obişnuită. Nu suport gustul colei dietetice. Prea dulce pentru mine, cred, răspunse ea.

— Bun, atunci adu doar sticlele, te rog, îi zâmbi Mark chelneriţei.

Imediat, femeia se lumină la chip şi îi demonstră lui Mark că avea o siluetă chiar superbă când se întoarse graţios pe vîrfuri şi îşi îndreptă ţinuta, balansându-şi şoldurile. Mark îşi scutură capul, iar un surâs îi apăru în colţul gurii.

— Nu cred că vom avea probleme cu servirea pe moment, îi spuse el Ellei. Dar, din punctul meu de vedere, poţi să îi dai lovitura de graţie după ce ne primim băuturile, îi făcu el cu ochiul maliţios.

— Şi care ar fi scopul? ridică ea din umeri cu indiferenţă. Nu mă deranjează dacă ea se crede mai grozavă decât mine.

— Mda, cam aşa este. Te-ai gândit bine, o aprobă Mark cu o clătinare a capului. Nu e ca şi cum ar fi adevărat, aşa că nu văd de ce te-ai obosi.

Ella îi zâmbi cu căldură. Ştia ea că, de fapt, Mark avea propria lui agendă. În fond, trecuse de mult timpul când fusese o adolescentă naivă şi nu mai visa la Făt Frumos, călare pe calul său alb, care să vină în galop şi să o salveze de la o viaţă de plictis.

Şi cu toate acestea, vocea bărbatului sunase destul de sinceră în urechile ei şi ea, una, îi aprecia încurajarea, mai ales că fostul ei prieten, Colin, nu se obosise niciodată să o facă să se simtă bine.

BĂRBATUL APROAPE PERFECT

Ella învăţase să citească oamenii aşa cum trebuie, având de-a face cu foarte mulţi în cariera aleasă. Ştia semnele ce demonstrau că aceştia minţeau, dar, dacă, uneori, alegea conştient să treacă peste minciunile lor, aceasta nu însemna că trăia cu impresia că erau toţi oneşti şi cumsecade.

— Deci, până la urmă, poţi dansa, remarcă Mark, aplecându-şi capul spre ea, iar surâsul pe care Ella îl asocia deja cu el, fără echivoc, îi arcuia buzele. Ţi-am spus eu, observă el, plin de sine, în timp ce îi mângâie mâna. Nu este nevoie decât să te concentrezi mai puţin pe felul cum faci paşii şi mai mult pe altceva, îi explică el, mişcându-şi sprâncenele sugestiv.

Şi surâsul îi deveni oarecum obraznic, iar femeia îi ghici gândurile cu uşurinţă. Nu era, de fapt, prea dificil, considerând că bărbatul încercase să o incite permanent în timpul dansului. În fond, gândurile ei nu se concentraseră pe nimic altceva decât pe ce se petrecea sub pielea ei. Nici măcar nu îşi mai amintea că a dansat.

— Mda, te pricepi destul de bine să faci o femeie să se gândească la altceva, mormăi ea, înroşindu-se şi evitându-i ochii.

Cu toate acestea, Mark o auzi şi izbucni în râs.

— Haide, Ella, nu este cazul să faci pe mironosiţa că doar ţi-a plăcut şi ţie, trebuie să recunoşti, o împunse el. Eu, unul, m-am simţit de milioane. Cred că ar fi bine dacă am bea o cafea împreună. Ce părere ai? Mergem la mine sau la tine? o întrebă el, sperând totuşi ca ea să îl invite la ea acasă.

Oricum, dacă ea şi-ar fi exprimat preferinţa să meargă la el acasă, Mark avea deja aranjată o cale sigură pentru ca să scape de invitaţie.

Regula lui era să nu aducă niciodată vreo femeie în casa lui. Dacă se ducea el la ele acasă, atunci putea pleca atunci când dorea, iar dacă nu mai avea nici un chef să le caute, acestea nu aveau cum să îl plictisească.

Ella îl captiva şi părea o femeie destul de interesantă. Şi totuşi, aceasta nu i se părea suficient ca să îl facă să uite de marele său plan.

Mark hotărâse să se bucure de viaţa lui de playboy timp de mai mulţi ani şi, poate, numai după aceea să înceapă să caute ceva mai mult.

Cu toate acestea, nu era el prea convins că va intra vreodată în stadiul acela al vieţii. Îl mulţumea prea mult ce obţinea în prezent din relaţiile lui cu femeile.

Deja se pomenise o dată prins într-o relaţie falsă, aşa că bărbatul simţea nevoia să îşi desfacă aripile şi să se distreze.

Poate că viaţa de familie fusese unul din ţelurile lui în trecut, dar pentru un bărbat care îşi preţuia libertatea, acum aceasta nu era sinonimă cu altceva decât cu o pereche de cătuşe.

O plăcea pe Ella suficient pentru o întâlnire sau două, poate chiar pentru o lună, dar ştia că nu avea nici o intenţie să meargă mai departe cu ea şi că o va părăsi curând pentru a găsi pe altcineva.

Bărbatul nu mai simţea de multă vreme nevoia unei legături puternice, chiar dacă simţea o astfel de conexiune cu Ella în acel moment. Cum Mark se pierduse în gânduri, vocea Ellei îl făcu să tresară.

— Bine, putem să bem cafeaua la mine acasă, dar numai dacă înţelegi chiar acum că nu este vorba despre un eufemism pentru altceva, sublinie ea, nedorind nici un fel de neînţelegeri mai târziu.

BĂRBATUL APROAPE PERFECT

— Nici o problemă. Nici eu nu mă gândeam la altceva decât la o cafea, minţi el cu nonşalanţă.

Mark nu considera că ar fi vreo problemă cu condiţiile Ellei. El miza pe abilitatea lui de a o face să îşi schimbe părerea când se vor găsi singuri. Omul observase felul în care reacţiona trupul ei la al lui, iar el învăţase toate mişcările corecte pentru a face o femeie să îşi uite principiile sau orice altceva avea aceea în minte.

După ce se despărţise de Gina, femeia care îi distrusese orice gând frumos vizavi de femei, unul dintre partenerii lui îi oferise un curs intensiv ca să înveţe să vrăjească orice femeie să îşi lepede lenjeria şi să i se abandoneze în braţe. Mark considera că acel curs fusese cea mai bună decizie pe care o luase vreodată.

Înainte de a învăţa arta seducţiei de la A la Z, Mark nu avusese prea mult noroc atunci când încerca să atragă atenţia femeilor. Acum, situaţia era diferită şi bărbatul avea alte probleme, cea mai serioasă fiind să le determine pe femei să iasă din viaţa lui fără prea mult zgomot.

Cei doi se ridicară să plece, iar unul dintre cuplurile pe care Ella le observase mai devreme pe ringul de dans îi abordă.

— Ce părere aţi avea dacă am face schimb de parteneri în seara aceasta? li se adresă bărbatul.

Nimeni nu îi mai pusese o asemenea întrebare în trecut, aşa că cele spuse o lăsară pe Ella fără cuvinte. Femeia, pur şi simplu, se holbă la Mark cu ochii mari, incapabilă să formuleze un gând coerent, în acelaşi timp încercând să se sprijine de masă cu o mână tremurătoare.

— Nouă ne-ar place enorm, miorlăi cealaltă femeie, trasând forma bicepşilor lui Mark cu unghiile ei lungi.

67

Mark se trase uşor înapoi pentru ca aceasta să nu-l mai poată atinge, iar apoi îi răspunse pe un ton implacabil:

— Nu, mulţumesc.

— Hai, mă, voi doi sunteţi exact ceea ce căutam, îşi pledă celălalt bărbat cauza.

— Poate altă dată, îi spuse Mark, prinzând-o pe Ella de mână.

După un salut scurt din cap pentru cei doi, bărbatul o conduse pe Ella spre ieşirea din club. Deja observase că femeia era copleşită şi incapabilă să reacţioneze, iar lui nici măcar nu-i trecea prin cap să îşi piardă timpul într-o dispută cu celălalt cuplu.

Abia atunci când au ajuns în parcare, Ella îşi regăsi vocea şi se întoarse spre el.

— Oh, Doamne, niciodată nu am avut o astfel de... propunere.

— Asta înseamnă că nu ai prea mai fost prin cluburi sau baruri în ultima vreme, i-o întoarse Mark pe un ton uscat. Aşa ceva nu este chiar atât de neaşteptat, ridică el din umeri cu indiferenţă.

CAPITOLUL ȘAPTE

Ținând-o de mână de parcă s-ar fi temut că o va lua la goană în orice clipă, Mark o condusese pe Ella afară din club. Își dăduse seama că propunerea cuplului o șocase, așa că Mark se gândise că poate ar fi fost mai bine să nu îi dea drumul la mână prea curând. În fond, ar fi dorit să vadă la ce putea să ducă întâlnirea lor întâmplătoare.

Răcorit de aerul de afară, Mark inspiră profund. După aceea, bărbatul se întoarse spre Ella, intenționând să o întrebe dacă dorea să meargă în mașina lui, și ochii îi căzură pe încruntătura profundă dintre sprâncenele tinerei femei.

— Care este problema? o întrebă el, arcuindu-și o sprânceană pe frunte.

Dar, preț de câteva momente, Ella nu făcu altceva decât să-l privească pe Mark și să-l analizeze cu detașare clinică, chiar dacă, în același timp, își mușca buzele. Se vedea că aceasta ar fi dorit să spună ceva, dar că ezita.

— Hai, Ella, orice ai vrea să-mi spui, spune-mi, o împunse el, trăgând-o de mână jucăuș, pentru a-i mai lumina starea de spirit.

Se vedea clar că ceva o supărase, iar el avea o oarecare idee privind motivul.

Femeia își luă ochii de la el preț de o secundă sau două, trecând cu privirea peste parcare. Mai apoi, privirea i se întoarse din nou spre.

— Faci chestia asta des? îl întrebă ea, în ciuda faptului că se temea de răspunsul lui.

— Ce anume? se interesă Mark cu seninătate, iar Ella mai că îl crezu că nu înțelegea întrebarea ei.

— Chestia asta cu schimbatul perechilor, îi explică ea, coborându-și privirea jenată mai întâi, dar mai apoi întorcându-și ochii spre el cu curaj.

— Ah, chestia aia, dădu Mark din cap, ca și cum abia acum ar fi înțeles la ce se referea ea. În situația aceea aveam doar două opțiuni, Ella: fie să le spun ceea ce am spus, fie să îmi înfig pumnul în nasul perfect al individului. Apropo, ai remarcat că a avut o operație la nas? adăugă el pe un ton de bârfă. Oricum, sunt convins că nu cred că ți-ar fi surâs să fi implicată într-o bătaie într-un club, așa că..., mai spuse el, ridicând din umeri și lăsând-o pe ea să completeze restul propoziției în orice fel ar fi dorit.

Dar, cu toate acestea, Ella continuă să îl privească fix, încercând să discearnă dacă bărbatul o mințea sau nu. Îi era teamă să nu facă o altă alegere greșită și, astfel, să lege o nouă relație care era menită să eșueze de la început.

Mark o privea și el la rândul lui, chipul lui netrădând nici cea mai mică urmă de îngrijorare, iar sclipirile din ochii lui îi ascundeau gândurile.

Până la urmă Ella se gândi că oricum se va lămuri curând cam ce fel de bărbat era, așa că îi aprobă cuvintele cu o mișcare scurtă a capului.

— Deci vrei să te urmez cu mașina spre casă sau...? întrebă Mark, fluturându-și mâna evaziv.

— Nu cred că vreau să-mi las mașina aici peste noapte, își scutură ea capul. Am băut doar o bere fără alcool, așa că pot să conduc fără nici un fel de probleme, iar tu poți să mă urmezi, spuse Ella, mulțumită că Jo nu mai era prezentă pentru a-i ține una dintre celebrele ei predici, așa că putea să-și conducă mașina înapoi acasă.

— Deci unde ai parcat? o întrebă Mark.

Ea făcu un semn cu mâna spre un loc la capătul celălalt al parcării. Cum nu se zărea prea multă lumină în acel loc și el nu dorea să i se întâmple femeii ceva pentru poate nici un minut de mers pe jos, Mark se decise să o însoțească până la mașină.

Toată lumea știa cam ce se putea întâmpla în astfel de zone noaptea târziu, mai ales când o femeie era singură, iar el nu voia ca Ella să devină o statistică într-un raport al poliției.

După ce s-a asigurat că femeia și-a încuiat portiera, Mark fugi spre mașina lui pentru a o urma.

De-a lungul drumului spre casă, Ella se gândi la el și pritoci gândul unei posibile relații cu el. Tânăra femeie era destul de inteligentă să înțeleagă că el se aștepta să o facă să-și schimbe părerea, astfel acceptând să-și petreacă noaptea cu el.

Și totuși, ea se știa destul de puternică pentru ca să nu cedeze ochilor lui verzi tulburători, umbriți de cele mai negre gene pe care avusese ocazia să le vadă vreodată. Bănuia ea că Mark ar fi putut să o vrăjească cu privirea lui intensă, dacă i-ar fi dat voie, dar femeia era hotărâtă să nu se lase dusă de val.

Ella era destul de matură și înțeleaptă să ia în considerare toate posibilele consecințe, astfel că se gândi și că era posibil ca el să insiste. Cu toate acestea, ea avea destulă încredere în abilitatea ei de a respinge orice avansuri nedorite în caz că bărbatul devenea prea entuziasmat şi se vădea a nu înţelege cuvântul *nu*.

Ella se baza pe cei patru ani de antrenamente la un dojo din centrul oraşului, unde Bryan o învăţase tot ce avea nevoie pentru a se apăra. Chiar dacă nu mai trecuse pe la sală în ultima lună, tot îşi mai aducea aminte mişcările.

ELLA OPRI MAŞINA ÎN faţa clădirii unde locuia şi, coborându-şi fereastra, gesticulă, arătându-i lui Mark unde se găsea parcarea pentru vizitatori. După aceea, îşi conduse şi ea maşina spre locul ei de parcare.

Cei doi se reîntâlniră în faţa uşii ce ducea în interiorul clădirii, iar Ella îşi folosi cardul magnetic pentru a o deschide, mai apoi, invitându-l pe Mark înăuntru. În holul de la intrare, îl salută pe omul de la recepţie.

— Bună, Tom, ai prins din nou schimbul de noapte din câte văd.

— Da, Dean a trebuit să plece undeva de urgenţă, iar eu tot aveam nevoie de ore, aşa că i-am preluat schimbul, spuse bărbatul mai în vârstă ridicând din umeri.

Ella înţelegea ce voia acesta să spună. A supravieţui în Toronto însemna multă muncă şi sacrificii.

— El este prietenul meu, Mark, îi explică Ella lui Tom când observă că ochii lui se opriseră asupra lui Mark, analizându-l pe acesta din urmă cu multă atenţie.

Tom dădu din cap, urmărindu-i mai apoi cu privirea, în timp ce cei doi se îndreptau spre lifturile din partea sudică a clădirii pentru a ajunge mai apoi la etajul 24.

— Presupun că ai o priveliște fantastică de acolo de sus, observă Mark atunci când ea apăsă butonul pentru etajul ei.

— Da, cea mai bună, îi aprobă ea cuvintele, vocea sunându-i plină de mândrie pentru apartamentul ei. De aceea am și cumpărat acest condo aici, chiar dacă nu este mare.

Mark dădu din cap și îi zâmbi, iar ea se gândi că putea foarte bine să-i dezvăluie și restul.

— În fond, are doar două dormitoare, mărturisi ea, ridicând din umeri. Ceea ce m-a atras, însă, este balconul. Se deschide chiar deasupra lacului, iar priveliștea e nemaipomenită de acolo. Mă crezi sau nu, cea mai mare parte a verii o petrec pe balcon, adăugă ea, zâmbindu-i lui Mark cu căldură. Aș și dormi acolo dacă aș putea, dar nu am luat-o razna chiar atât de rău, continuă ea, râzând nervos.

Mark îi zâmbi, dând din cap, deși, într-un final, trebui să accepte adevărul. Era clar că nu făcuse o alegere înțeleaptă în seara aceea, chiar dacă îi plăcea tânăra femeie foarte mult. Aceasta părea să nu fie pretențioasă, dar inteligentă. Mai mult decât atât, silueta Ellei era exact ceea ce îl atrăgea pe el la o femeie.

Se lăsase însă indus în eroare de încrederea ei în sine însăși pe care aceasta o afișase la începutul serii în club. Aceasta îl făcuse să creadă că femeia încerca doar să se lase convinsă cu mai multă greutate, dar, acum, Mark se cam îndoia că aceasta era realitatea.

Devenea din ce în ce mai evident că Ella nu l-a invitat la ea acasă pentru ca să petreacă împreună o noapte de dragoste nebună, iar acela era, de fapt, singurul lui scop pe moment.

Atmosfera caldă a casei ei îl întâmpină cu culori ce urmau paleta de toamnă a covorului maroniu – roșcat. Tablourile de pe pereți înfățișau copaci la început de toamnă, cărări acoperite cu frunze roșiatice și parcuri învăluite în ceață sau care se răsfățau în lumina cenușie a toamnei târzii.

Tot ceea ce Mark zărea în jur vădea natura romantică a femeii. Bărbatul simți că poate aceasta se simțea uneori singură, separată de lume, dar aceasta nu însemna că nu se și bucura de solitudinea ei uneori.

Trecând cu privirea peste comorile Ellei de pe pereți, toate speranțele lui Mark se prăbușiră. Impresia lui inițială despre Ella era mai departe de adevăr decât crezuse.

Femeia nu se jucase cu el când i-a spus că invitația ei nu implica nimic altceva decât o ceașcă de cafea, iar Mark își dădu seama că trebuia să plece de acolo cât mai repede. El, unul, nu era făcut pentru relațiile de lungă durată și nu avea nici o intenție să schimbe acel lucru.

Ella îl conduse pe balcon, unde briza lacului domolea căldura zilei. Mirosul apei și a ierburilor de apă se ridica până la ei, la etajul douăzeci și patru.

Tânăra femeie îl lăsă să admire panorama portului, în timp ce ea se îndreptă spre bucătărie să pregătească cafeaua pe care i-o promisese mai devreme. După o scurtă ezitare, aranjă și un platou cu prăjiturelele pentru cafea pe care le copsese cu o zi înainte.

BĂRBATUL APROAPE PERFECT

Când se reîntoarse cu tava pe balcon, ochii lui Mark luciră la vederea prăjiturilor, ceea ce îi încălzi Ellei inima. Ea era mereu fericită când cineva îi aprecia talentele culinare.

Ellei îi plăcea să gătească și să coacă prăjituri. De fapt, acelea erau singurile activități din gospodărie pe care le iubea. Tot restul reprezentau munci necesare, dar îi trebuia multă voință pentru a se ocupa de ele.

— Poftim, servește-te, îi spuse ea, punând o ceașcă și o farfurioară în fața lui pe măsuța pătrată de pe balcon.

După aceea, tânăra aranjă pe masă platoul cu prăjituri, bolul cu zahăr și laptele. Ella turnă mai întâi cafea în ceașca lui, iar apoi și-o umplu și pe a ei, adaugând zahăr și lapte.

Simți ochii lui Mark poposind pe mâinile ei, dându-i impresia că juca o piesă de teatru în fața unei audiențe tăcute, ceea ce era și mai neliniștitor pentru nervii ei deja agitați.

Știa că mâinile ei nu aveau grația pe care mama ei dorise să o dobândească. Desigur că mama ei nu reușise pentru că Ella preferase să joace fotbal sau basket și refuzase să învețe eticheta servirii ceaiului.

Mama Ellei provenea din mediul clasei de mijloc și se măritase în aceeași clasă, dar, cu toate acestea, sperase ca fiicele ei să urce pe scara socială, așa că făcuse tot ce îi stătea în puteri ca să le pregătească pentru așa ceva.

De fapt, chiar reușise în eforturile ei cu sora Ellei, care, spre marea ei bucurie, pusese mâna pe un mogul, cum îi plăcea mamei ei să spună. Doar Ella o dezamăgise pentru că nu înțelegea să socializeze cu cineva numai pentru că acea persoană făcea parte dintr-o anumită pătură socială sau pentru că avea bani.

Acum, însă, observând ochiii critici ai lui Mark fixați pe mâinile ei ocupate, Ella simți o oarecare împunsătură de regret. Ar fi trebuit și ea să învețe arta servirii ceaiului că doar nu ar fi fost ca și cum și-ar fi vândut sufletul. Ar fi dobândit doar o altă calitate pe care ar fi putut-o folosi.

Mâna lui Mark îi opri mișcările agitate.

— Totul este perfect, Ella, așa cum este. Hai să bem cafeaua și să stăm puțin de vorbă.

Dându-și seama că se comporta la fel ca o proaspătă gospodină la prima vizită pe care o primea în casa ei, Ella se înroși puternic.

Mark zări câteva pânze la orizont, așa că începu să vorbească despre ambarcațiuni, întrebând-o pe Ella care era părerea despre ieșirile pe apă. Femeia urmări cu privirea un avion ce ateriză pe pista de pe insulă, iar mai apoi ridică din umeri.

— Sincer, nu prea știu ce să spun. Desigur, am fost și eu în croziera obișnuită de trei ore pe lac ca toată lumea, de altfel. Ba chiar mi-am promis și o croazieră în Caraibe, dar știi și tu cum este. Niciodată nu pare să fie momentul potrivit pentru că mereu se ivește câte ceva, mai adăugă ea, sorbind din cafea. Poate că, totuși, într-o zi voi ajunge să fac și croaziera aceea.

— Mie îmi place la nebunie să ies pe apă, mărturisi Mark cu o ridicare nonșalantă din umeri, după care mușcă dintr-una din prăjiturile de pe platoul de pe măsuță. Acestea sunt delicioase, exclamă el, iar Ella îi zâmbi, satisfăcută că măcar prăjiturile ei meritau laude.

— Ai spus că îți plac ieșirile pe apă, începu Ella, iar mai apoi luă și ea o prăjitură. Ai propria ta ambarcațiune? îl întrebă ea curioasă.

— Nu, nu am, o minți Mark fără să clipească. Dar sunt destul de norocos să am prieteni care au, continuă el, făcându-i cu ochiul, ceea ce o făcu să izbucnească în râs. Așa că din când în când mai am șansa să ies pe lac. Nici eu nu am avut parte de croaziera aceea în Caraibe încă, dar voi încerca să remediez această eroare cândva în iarnă. Știi tu ce vreau să spun, își flutură el mâna, evaziv. Voi simți nevoia să las în urmă vremea rece de aici și să mă întind pe nisipul fierbinte, cu una din băuturile acelea cu umbreluțe colorate în mână...

— Nu e chiar atât de rău iarna, îi răspunse Ella, ridicând un umăr cu indiferență, pentru ca mai apoi să se lase pe spate, încrucișându-și picioarele.

Luciul pielii ivindu-se de sub tivul rochiei ei atrase imediat ochii lui Mark, iar bărbatul decise că, indiferent de rezultat, tot trebuia să își încerce norocul.

Femeia aceea îi trezea dorințele. I se strecurase, pur și simplu, pe sub piele.

Bărbatul se aplecă deasupra ei și îi cuprinse genunchiul în palmă cu nonșalanță, șoptindu-i în același timp:

— Nu crezi că ne-am simți mai confortabil înăuntru, Ella? De exemplu pe sofa? arătă el cu bărbia spre interiorul apartamentului.

Pentru o clipă, Ella ezită indecisă. Pielea aspră a palmei lui pe piciorul neacoperit de ciorap o făcea să simtă lucruri ciudate pe care nu-și aducea aminte să le mai fi trăit înainte.

Cu toate acestea, femeia făcu un efort și le împinse undeva în spatele minții ei. Ella nu era o puritană, evident, dar știa că dimineață se va urî dacă nu ajungea să îl cunoască pe Mark mai bine înainte să lase acea relație cu el să avanseze cu viteza luminii.

— Aici sau acolo, e același lucru, Mark, spuse ea după câteva clipe. Deja ți-am spus că dacă venim aici nu vom face altceva decât să bem cafea și să vorbim. Am sperat că ai înțeles, replică ea pe un ton ușor înțepat.

Cuvintele aduseră un luciu metalic în ochii lui verzi, iar privirea lui îi cercetă chipul cu meticulozitate. Lumina cinică din ochii lui o îngheță pe Ella până în măduva oaselor.

— Bine, am priceput, Ella, spuse el retrăgându-și mâna de pe genunchiul ei. Ei bine, cafeaua a fost chiar foarte bună, iar prăjiturile excelente. Chiar m-am simțit bine în compania ta. Dar mai bine plec acum, continuă el pe un ton atât de rece încât Ella simți frisoane pe șira spinării. Nu am nici un chef să mă joc, Ella. Am lăsat anii de liceu undeva destul de departe în trecut.

Ella se încruntă pentru o clipă, dar mai apoi, pur și simplu, renunță să se mai agite. Înțelese că Mark nu voia decât să mai adauge o cucerire la palmaresul lui și că ea, în fond, nu conta în marea schemă a lucrurilor.

Știind că orice femeie ar fi fost la fel de bună pentru planurile lui o făcu să se simtă ieftină și folosită, chiar dacă reușise să nu cadă pradă vrajei lui, astfel dându-i bărbatului ocazia de a-i adăuga numele la cohorta lui de cuceriri.

Înghețată în interior, Ella se ridică de pe fotoliul ei și spuse pe o voce indiferentă:

— Atunci eu nu te mai rețin, Mark. Bănuiesc că știi unde este ușa, nu-i așa? gesticulă ea spre living pentru a-l face să înțeleagă că voia ca el să plece imediat.

Mark rămase pe loc, privind-o câteva clipe, iar mai apoi, dădu din cap și se ridică și el, îndreptându-se spre ușa de la intrare. Acolo, se opri un moment, părând să se gândească la ceva, iar apoi își întoarse capul spre ea.

BĂRBATUL APROAPE PERFECT

Ella se găsea tot în uşa balconului, urmărindu-l cu privirea. Mark nu reuşi să citească absolut nimic în ochii ei şi ezită pentru o clipă. Mai apoi, deşi nu îşi putea explica dorinţa de a se explica, spuse:

— Nu este ceva personal, Ella, ca să ştii. Eşti o femeie deosebită, dar...

— Da, ştiu, îi tăie ea cuvintele. Sunt o femeie deosebită, cafeaua a fost grozavă, la fel ca şi prăjitura, iar tu nu ai obţinut ce ai dorit. Aşa că ce mai aştepţi? îl întrebă ea, făcând un semn scurt cu capul spre uşă, deja sătulă de egoul bărbaţilor egoişti pe ziua aceea.

Mark îşi scutură capul a vagă dezamăgire, iar apoi părăsi casa şi viaţa ei fără a mai spune nimic.

Ella rămase în acelaşi loc timp de mai multe minute. După aceea, ieşi înapoi pe balcon şi se aşeză pe fotoliul ei preferat. Fără să se gândească, luă o bucată de prăjitură de pe platou şi o fărâmiţă inconştient.

Mintea ei refuza să se agaţe de vreun gând, ci pur şi simplu se complăcea în aromele nopţii şi splendoarea portului.

Într-un târziu, Ella decise că locul acelei zile era în coloana oportunităţilor pierdute. Femeia ieşise în oraş, sperând să înhaţe un nou viitor, iar acel viitor, pur şi simplu, i se prăbuşise la picioare. Eh, asta era. Mai era şi mâine, în fond, aşa că nu avea nimic altceva de făcut decât să meargă mai departe.

CAPITOLUL OPT

Era a doua seară la rând când Mark nu reușea defel să găsească ceea ce căuta, iar frustrarea îi crescu și mai mult. În ultimele două seri tot colindase barurile, ba chiar vizitase și vreo două cluburi, numai pentru a le părăsi dezamăgit după aceea.

Imaginea Ellei persista în spatele minții lui și din cauza aceea Mark nu se putea opri asupra nici unei alte femei deși vorbise deja cu vreo câteva. Fie nu îi plăcea sunetul vocii lor, fie nu îi spunea absolut nimic culoarea ochilor lor, dar, indiferent de motiv, nu simțea nici un fel de plăcere să-și petreacă timpul cu ele.

Le făcuse cinste cu o băutură sau două, făcuse o oarecare conversație cu fiecare dintre ele preț de vreo zece sau cincisprezece minute, dar apoi abandonase terenul și plecase să-și încerce norocul în altă parte.

Mark ieși din ultimul bar pe care-l vizitase și se opri gânditor pentru câteva momente, jucându-se cu brățara de la ceas. Nemulțumirea îl sâcâia, iar slăbiciunea de care dădea dovadă îl călca pe nervi.

Cu toate acestea, îi era clar că va trebui să facă ceva în legătură cu obsesia lui cu acea femeie. Petrecuse doar câteva ore cu Ella vineri seara, iar acum nu mai găsea nici un fel de plăcere în vânătoarea lui, iar acel lucru însemna că avea, cu adevărat, probleme.

Soluţia părea extrem de simplă: trebuia să o aibă pe Ella pentru o vreme. Mark era convins că va fi capabil să se uite şi la alte femei după ce şi-ar fi petrecut câteva nopţi cu Ella, dacă nu cumva doar una, pentru că, în zilele acelea, se plictisea de femei destul de repede.

Acestea deveniseră interşanjabile, iar el nu găsea nici un motiv să mai zăbovească atunci când interesul în cineva îi dispărea.

Mark se mai uită o dată la ceas şi observă că era deja trecut de nouă seara. Se gândi că poate ar fi fost mai bine să aştepte până a doua zi, dar înlătură acel gând imediat. Ştia că nu va avea nici o şansă să ajungă în pat cu Ella în seara aceea, dar tânjea să îi audă măcar vocea.

Bărbatul se decise să cultive relaţia cu Ella şi să iasă cu ea de câteva ori pentru a ajunge şi în patul ei până la urmă.

Mark nu înţelegea cum de femeia reuşise să îl facă să o dorească atât de mult încât să nu mai fie în stare să îşi găsească o altă femeie cu care să petreacă o seară. Cu toate acestea, era un bărbat destul de raţional şi niciodată nu se lupta cu morile de vânt. Întotdeauna făcea ceea ce trebuia să facă pentru a ajunge de la punctul A la punctul B.

Drumul cu maşina spre port se dovedi destul de uşor. Traficul era destul de lejer pentru o seară de duminică, aşa că Mark conduse cu uşurinţă.

Cum nu era el prea confortabil cu sentimentele şi gândurile lui, ridică volumul la CD-player, sperând că muzica va îndepărta trepidaţia stranie ce îi pulsa în piept.

BĂRBATUL APROAPE PERFECT

Bărbatul abia aştepta să dea cu ochii de Ella, chiar dacă se şi temea de ce va spune aceasta despre vizita lui. Se îndoia că femeia va fi prea fericită să îl vadă, dar el conta pe şarmul lui inerent pentru a-i alunga mânia.

Singura problemă era să reuşească să intre în clădire pentru că trebuia să treacă şi de recepţie. Mark învârti ideea în minte vreo câteva clipe, dar mai apoi ridică filozofic din umeri, hotărând că va vedea ce se putea face atunci când va ajunge la clădirea Ellei.

Bărbatul alese să îşi lase maşina în parcarea cu plată din apropierea clădirii pentru că nu voia să discute cu recepţia şi problema parcării.

Norocul îi surâse chiar de la intrarea în clădire. Un cuplu intră înaintea lui, iar el îşi iuţi paşii pentru a nu fi nevoit să aştepte afară până ce Ella s-ar fi decis să îi permită intrarea în bloc.

O dată intrat în holul clădirii, îşi îndreptă paşii spre recepţie, dar din nou şansa îi surâse. Recepţionerul nu se vedea pe nicăieri.

Într-un fel, Mark credea în semne şi îi plăcea când acestea se arătau bune. De data aceasta, se părea că cineva îi dădea lumină verde pentru ceea ce încerca să facă, iar el, unul, nu era omul care să spună *nu* atunci când şansa îi bătea la uşă.

Mark îşi schimbă direcţia paşilor spre lifturile sudice, frecându-şi mâinile încântat. Ştia că îi va mai uşor să o convingă pe Ella să-i permită accesul în apartamentul ei dacă nu ar fi fost obligat să-şi pledeze cazul prin intermediul altcuiva.

Cuplul care intrase în clădire înaintea lui luă acelaşi lift, aşa că Mark reuşi să treacă şi de al doilea set de uşi fără probleme.

Mark părăsi liftul la etajul Ellei cu un pas vioi, dar apoi se opri brusc. Pentru prima dată, i se iți în minte gândul că era posibil ca femeia să nu fie singură la acea oră.

Sprâncenele i se uniră deasupra ochilor. El, unul dintre cei mai metodici bărbați de pe pământ, se găsea acolo fără să fi luat în calcul toate scenariile posibile. Acea acțiune nu prea îi semăna și acel lucru îl ului.

Mark ezită o secundă, dar, mai apoi, se îndreptă spre ușa Ellei cu hotărâre și ciocăni, nedorind să-și ofere șansa ca să își schimbe decizia.

— Cine e acolo? auzi el vocea ei nesigură venind din interior.

Probabil că nimeni nu urca la etaj fără să fie mai întâi anunțat de către recepționerul din holul de la intrare și fără să primească aprobarea ei.

— Mark, răspunse el și, după aceea, ascultă cu urechile ciulite să surprindă cel mai mic zgomot în tăcerea ce se lăsă în urma răspunsului său.

Izolarea fonică a acelor condouri părea să fie extrem de bună pentru că bărbatul nu reuși să audă nici pași și nici un alt fel de zgomot venind din apartamentul ei.

Mark nici măcar nu își putea da seama dacă Ella mai era încă pe hol sau, pur și simplu, se întorsese pe balconul pe care îl iubea atît de mult sau în dormitor, lăsându-l să aștepte ca un idiot pe coridor.

Așteptă preț de mai multe secunde, dar el avu senzația că așteptase minute în șir. Numai când auzi broasca descuiându-se, își permise să respire profund.

BĂRBATUL APROAPE PERFECT

Ella apăru, în sfârșit, în prag, iar Mark îi zâmbi, arătându-și dinții albi și drepți. Cu două zile în urmă, bărbatul avusese șansa să vadă o tânără bine pusă la punct, îmbrăcată cu scopul de a lăsa un șir de victime în urma ei. Acum, avea sub priviri femeia în momentele ei mai private.

Părul scurt și ciufulit al Ellei trăda faptul că aceasta se jucase cu degetele prin el. Femeia nu purta nici un fel de machiaj, pielea ei părând mai palidă, contrastând și mai mult cu negrul ochilor ei și al părului ei strălucitor.

Tânăra purta pantaloni scurți și un maieu care nu îi ascundea deloc rotunjimile, iar ochii lui Mark se plimbară în voia inimii peste pielea ei satinată, pentru a se opri pe sânii ei, care întindeau maioul, încercând să se elibereze.

Bărbatul își dădu imediat seama că Ella nu purta sutien. Cum era deja încins pentru că se tot gândise la ea pe drumul spre apartamentul ei, sângele i se înfierbântă și mai mult.

Cu o mână pe cadrul ușii, Ella îl privi fix câteva secunde, dar, nesimțindu-se prea bine sub ochii lui cercetători, începu să se foiască. Observase deja unde poposiseră ochii lui Mark și regretă că luase hotărârea să nu poarte un sutien în seara aceea.

— Deci care e motivul pentru care mă onorezi cu vizita ta azi? îl atacă ea pe un ton aspru.

— Simțeam nevoia să te văd... să-ți vorbesc, răspunse Mark, ridicându-și ochii la chipul ei și privind-o drept în ochi acum.

— Parcă am înțeles că nu ai timp pentru jocuri idioate, i-o întoarse Ella, nu fără oarecare răutate.

În fond, departe de a fi o floare timidă, femeia putea fi răutăcioasă atunci când era cazul.

— Ei bine, m-am înşelat, îi mărturisi el pe un ton egal, deşi, în mod obişnuit, nu ar fi făcut o astfel de confesiune. Cred, însă, că mi-ar place să ajung să te cunosc mai bine... să petrec ceva timp cu tine, îşi fluturǎ el mâna, încercând să nu se implice prea mult.

Da, cu siguranţǎ, gândi ea, fǎrǎ sǎ îl creadǎ nici mǎcar o secundǎ.

— Nu ai gǎsit nici o femeie cu care sǎ te poţi distra în noaptea asta, nu-i aşa? întrebǎ ea, fiind conştientǎ cǎ vocea ei amintea de o scorpie, dar nepǎsându-i defel.

Ella deja îi ştersese lui Mark numele de pe lista ei. *De parcǎ şi aveai vreo listǎ!* se admonestǎ ea în gând cu amǎrǎciune.

Dupǎ eşecul pe care îl înregistrase cu Mark vineri seara, Ella nu mai repetase escapada sâmbǎtǎ sau duminicǎ, ci îşi petrecuse timpul singurǎ. Simţea nevoia sǎ îşi revinǎ dupǎ prima ei înfrângere înainte sǎ îşi regǎseascǎ curajul sǎ iasǎ din nou.

— Nu am venit aici pentru aşa ceva, Ella, îi rǎspunse Mark pe un ton calm, sperând cǎ femeia se va arǎta a fi mai maleabilǎ dacǎ el îşi strunea temperamentul şi nu îi replica pe acelaşi ton certǎreţ.

De fapt, Mark era destul de onest sǎ recunoascǎ cǎ merita amǎrǎciunea ei cu prisosinţǎ. De asemenea, putea sǎ bage mâna în foc cǎ femeia va fi şi mai furioasǎ pânǎ la finalul scurtei lor relaţii. Cu toate acestea, era dornic sǎ rişte pentru a obţine ceea ce dorea.

— Cum de ai trecut pe lângǎ omul de la recepţie? îl întrebǎ Ella, nu puţin surprinsǎ cǎ bǎrbatul ajunsese la uşa ei.

Ea ştia foarte bine cǎ omul din holul de la intrare nu era genul care sǎ creadǎ vreo istorie melodramaticǎ, în special atunci când asemenea naivitate i-ar fi pus slujba în pericol.

— Nu era acolo, spuse Mark, ridicând din umeri indiferent. Un cuplu a intrat în clădire, iar eu i-am urmat. Ai de gând să continui cu interogatoriul aici, în hol, toată noaptea, sau ai de gând să mă inviți înăuntru? o întrebă el, încercând să sune cât mai agreabil.

— Nu s-a schimbat absolut nimic, îl avertiză ea cu supărare în glas.

— Nici nu m-am gândit că s-ar fi schimbat, îi răspunse Mark. Atâta doar că mi-am dat seama că doresc să te cunosc mai bine. De asemenea, înțeleg că ai nevoie de timp să mă cunoști și tu pe mine, așa că... Iată-mă aici, surâse el din nou, deschizându-și brațele.

Mark își dădu seama că Ella îi analiza cuvintele cu grijă. Vineri seara, femeia îi dovedise că era deșteaptă. Genul acela de femeie nu s-ar fi mințit de una singură și nu ar fi crezut că el venise la ușa ei pentru că se îndrăgostise până peste urechi de ea într-o singură seară și nu mai putea trăi dacă nu o avea în viața lui. Era destul de cinică ca să își imagineze că el nu renunțase la intenția de a face dragoste cu ea.

De altfel, Mark îi putea citi Ellei gândurile pe chip cu ușurință, având senzația că se găsea chiar în interiorul minții ei, ceea ce era destul de reconfortant. Se cam săturase să tot facă efortul de a fi mereu cu un pas înainte, încercând să ghicească ce le trecea femeilor prin cap.

Mark știa că Ella își dădea seama că, dacă îi permitea să intre în viața ei, risca să aibă parte de o mare dezamăgire atunci când relația lor se va sfârși.

Femeia îi făcu semn să intre în casă, iar el se felicită în gând, răsuflând ușurat. De fapt, bărbatul se cam temuse că rațiunea ei se va dovedi mai puternică și că ea va alege să-i trântească ușa în față fără a accepta să discute cu el.

Ella îl conduse pe Mark spre balcon, unde lăsase o carafă cu limonadă și o farfurie cu prăjiturelele pe care le copsese în ziua aceea. De câte ori era neliniștită, femeia obișnuia să facă câte o prăjitură, chiar dacă o cam îngrijora efectul pe care acestea le avea asupra șoldurilor ei.

Îl invită să ia loc, iar apoi îl întrebă:

— Ai vrea limonadă sau ai prefera altceva? Sunt sigură că mai am ceva whiskey în casă, ba chiar și niște bere fără alcool, cred.

— Limonada este okay, îi răspunse Mark, care deja băuse câteva beri pe ziua aceea și încă mai trebuia să-și conducă mașina spre casă mai târziu în seara aceea.

Ella îi aprobă alegerea cu o aplecare a capului, iar mai apoi intră în apartament pentru a-i aduce și lui un pahar. Îi simți ochii arzându-i spatele, iar senzația o deconcerta.

Femeia nu știa dacă făcuse alegerea corectă atunci când îi permisese lui Mark să intre, din nou, în casa ei și, implicit, în viața ei, chiar dacă și numai pentru câteva ore, dar se simțea singură în seara aceea, așa că se bucura să aibă ceva companie. Oricum, avea suficient timp și pentru regrete mai târziu.

După noaptea în care îi ceruse acestuia să plece, nu își mai găsise curajul să iasă din nou la vânătoare, mai ales după ce se văzuse nevoită să răspundă întrebărilor lui Jo sâmbătă dimineața.

BĂRBATUL APROAPE PERFECT

Ella nu-i spusese lui Jo exact ce se întâmplase cu Mark. Nu dorise să audă *Ți-am spus eu că așa o să fie*, de-a lungul multor ani de atunci încolo. Dacă o cunoștea pe Jo bine, și o știa, aceasta ar fi fost în stare să-i amintească de acel fiasco și pe patul de moarte.

Întorcându-se cu un pahar pentru el, Ella îi turnă limonadă și rearanjă farfuria și șervețelele pe masă pentru ca el să aibă mai ușor acces la ele. De fapt, femeia avea nevoie de timp ca să se adune.

Evita să îl privească pentru că nu știa cum să se poarte cu un bărbat ca el.

Mark fusese primul bărbat care îi spusese drept în față că nu îl interesa nimic altceva decât o relație cu anumite beneficii. Cel puțin, bărbatul nu o mințise, iar acela era un punct în favoarea lui. Adevărul o durea, dar ea ar fi preferat să-l audă oricând.

Mark îi atinse mâna dreaptă cu blândețe și îi opri mișcările, iar Ella îi percepu gestul ca un déjà-vu.

— Ella, totul este bine. Nu trebuie să te îngrijorezi. Vom bea niște limonadă și vom mânca din prăjiturile acestea, iar între timp vom vorbi. Poate vom privi un film împreună. Nu îți voi cere nimic altceva în plus.

Ella își ridică privirea la ochii lui, analizându-i atitudinea. Nu știa dacă bărbatul mințea, dar, în ciuda acelui fapt, era dornică să îi acorde beneficiul îndoielii.

În fond, după ce petrecuse mult timp cu Colin, care mințea tot timpul, putea să petreacă o seară cu un alt bărbat, chiar dacă acea întâlnire nu ar fi dus la nimic pe viitor.

CAPITOLUL NOUĂ

Ella își perie părul cu mișcări bruște și grăbite, iar, după aceea, se privi în oglindă. Arăta bine. Cel puțin pe cât de bine se putea după o zi lungă de muncă.

Avusese atât de multe de făcut de-a lungul ultimelor două zile că aproape că nu mai avea energia să iasă afară. Cercurile întunecate din jurul ochilor ei îi trădau extenuarea și îi pictau pielea cu umbre.

Știa, însă, că și dacă era obosită, tot va ieși. Mark își petrecuse aproape fiecare seară cu ea de-a lungul ultimelor trei săptămâni, iar ea se bucurase de compania lui.

Bărbatul era cu adevărat un bun conversaționalist, plin de umor, ba chiar sarcastic atunci când era nevoie. Mai important decât atât, nu era deloc plictisitor. De fiecare dată când erau împreună, o fascina cu ideile sale, iar timpul părea să treacă mult prea repede.

Mark nu făcuse nici un fel de presiuni pentru a împinge relația lor într-o direcție specifică, iar acel lucru era pe atât de interesant, pe cât era de neașteptat.

Omul avea multă imaginație și reușea să o surprindă mai tot timpul. Niciodată nu știa ce să aștepte de la el, iar el niciodată nu îi dezvăluia dinainte ce planuri făcuse pentru întâlnirile lor.

Probabil că de aceea nu se săturase de el. Se întâmpla mereu ceva nou. Chiar dacă îşi petreceau timpul împreună în faţa unei mese sau privind un film, conversaţia era incitantă.

În afară de aceasta, exista acea scânteie electrică dintre ei doi, care îi făcea pielea să freamăte şi îi punea idei nebuneşti în cap. Cu toate acestea, Ella nu avea nici o idee dacă şi Mark o simţea şi ea, una, nu voia să îl întrebe.

De fapt, îi era teamă pentru că dacă ar fi atacat acel subiect în mod direct, aceea ar fi dus la o schimbare nedorită în relaţia lor, iar pe moment, ea prefera acel status-quo, chiar dacă ştia că era doar temporar.

Ella era dureros de conştientă de ceea ce dorea Mark. Omul nu făcuse nici un secret din dorinţele lui. Nu încercase să o inducă în eroare, iar acel lucru era remarcabil, chiar dacă oarecum neliniştitor.

Mark era extrem de grijuliu şi nu spunea niciodată nimic ce ar fi putut fi interpretat ca o declaraţie de dragoste. Nu încercase nici să o facă să creadă că el era interesat în mod serios într-o relaţie de lungă durată cu ea. La început, Ella se aşteptase la aşa ceva de la el, iar purtarea lui o zăpăcea.

Ella ştia că bărbatului îi plăcea să îşi petreacă timpul cu ea. Altfel nu ar fi apărut mereu pe nepusă masă şi nici nu ar fi sunat-o zilnic. Şi cu toate acestea, asta nu însemna că Mark uitase de scopul său iniţial. Chiar avea grijă să nu piardă ocazia de a o atinge, iar acel lucru o înnebunea.

Îşi trecea degetele uşor peste mâna ei sau îi punea mâna pe spate atunci când trebuiau să intre în vreun local. Dansa cu ea, ţinând-o strâns în braţele lui, iar trupurile li se frecau unul de celălalt, incitând-o şi făcându-i sângele să clocotească, urlând după împlinire. Era o tortură, dulce, dar, totuşi, tortură.

BĂRBATUL APROAPE PERFECT

Cu alte cuvinte, Mark o înnebunea pur și simplu, iar el părea satisfăcut să vadă că femeia părea oarecum pierdută și tensionată tot timpul. Fiecare fibră din trupul ei striga cerând eliberarea, iar ea știa că se găsea aproape de capitulare.

Cel puțin, acum, Ella îl cunoștea pe bărbatul din spatele acelor ochi ironici și indescifrabili. De asemenea, trebuia să admită că îl plăcea și încă foarte mult. Poate că era timpul să lase relația lor să se dezvolte firesc sau să moară de cauze naturale. Cel puțin, s-ar fi simțit și ea bine în deznodământ.

Ella nu știa dacă Mark va dispărea sau nu din viața ei în momentul în care ar fi reușit să facă dragoste cu ea, dar poate că venise momentul să afle ce se va întâmpla.

Oricum, ea îl dorea și era dornică să riște, mai ales că acel risc i-ar fi adus și ei o oarecare doză de liniște sufletească.

Și totuși era ceva ce îi zgândărea mintea analitică. Întotdeauna își petreceau timpul la ea acasă sau în oraș, dar Mark niciodată nu o invita la el acasă. Acel lucru o tulbura. Era ca și cum bărbatul nu ar fi vrut ca Ella să știe prea multe despre el sau să calce în cele mai importante colțuri ale vieții lui. Chiar și în acea seară, Mark venea să o ia la cină, iar Ella se îndoia că acea cină ar fi avut loc la el acasă.

Ella își aruncă ochii la ceas și se strâmbă. Era aproape timpul să se întâlnească cu el. Mark urma să fie jos în aproximativ zece minute.

Femeia mai aruncă o privire la reflexia ei în oglindă, iar apoi își adună lucrurile și părăsi toaleta, trecând, mai apoi, pe lângă biroul de recepție gol. Marge, recepționista, deja plecase, la fel ca toată lumea de pe etaj. Poate doar unul dintre parteneri, domnul Phileas, mai se găsea în biroul lui la acea oră.

Ella luă liftul spre parter, unde trecu pe lângă biroul de recepție al clădirii, pentru a ieși mai apoi din clădire. Agentul de pază probabil că își făcea unul din rondurile sale pentru că nu se zărea nimeni la biroul de la intrare.

După ce părăsi clădirea, femeia își aruncă privirea în dreapta și apoi în stânga. Mark nu se zărea nicăieri, așa că ea se îndreptă spre parcarea de după colț, unde stabilise să se întâlnească cu Mark și unde se găsea o bancă, după cum își amintea ea.

Fumătorii companiei preferau acel loc, iar ea se gândi că ar fi fost bun pentru a se odihni câteva minute. În ziua aceea avusese multe drumuri de făcut și nu avusese ocazia să petreacă prea mult timp la biroul ei.

Mark nu ajunsese încă, așa că femeia se îndreptă spre banca aflată sub lumina unui lampadar, gândindu-se că s-ar fi aflat în oarecare siguranță acolo.

Pe nepusă masă, auzi pași grăbiți în urma ei când nu era la nici doi pași depărtare de bancă și părul i se ridică la ceafă. Femeia se întoarse și observă că doi bărbați o urmăreau. Felul în care se îndreptau spre ea o avertiză că era în pericol, iar inima începu să îi bată cu furie și teama i se strecură în piept.

Era cald în seara aceea, dar, cu toate acestea, cei doi bărbați purtau hanorace cu glugile trase peste cap. Ella nu reuși să le zărească trăsăturile chipurilor lor și nici să le vadă culoarea părului, iar aceasta o înspăimântă și mai mult.

Bărbatul mai scund îi înșfăcă geanta, iar celălalt îi prinse brațul și o trase spre el.

BĂRBATUL APROAPE PERFECT

Ella învăţase să se apere, ba chiar petrecuse destule seri la un dojo în centrul oraşului de-a lungul a patru ani. Învăţase destul de multe, chiar dacă nu se mai antrenase în ultimele două luni. Şi totuşi, frica o paraliză şi mai că uită să riposteze, ceea ce uşură lucrurile pentru individul mai înalt.

Cu avantajul de partea sa preţ de câteva secunde, acesta mai că reuşi să o mobilizeze mai înainte ca femeia să-şi scuture ceaţa ce-i cuprinsese mintea şi să înceapă să se lupte cu el. Ella îl lovi cu genunchiul în zona inghinală şi avu satisfacţia să-l audă gemând de durere.

Şi totuşi, bucuria ei fu de scurtă durată. Uitase de celălalt individ în fierbinţeala momentului, iar acela încă se mai găsea în apropiere, ţinând strâns în mână geanta ei.

Observând că femeia îi rănise prietenul, bărbatul urlă şi îşi plantă pumnul în tâmpla ei. Ella se prăbuşi la pământ ca un sac de cartofi şi îşi pierdu cunoştinţa preţ de o clipă sau două, totul întunecându-i-se în faţa ochilor.

Când, în sfârşit, îşi reveni, ochii îi poposiră pe Mark, care îi pocni pe cei doi indivizi cap în cap, după care îi aruncă cât colo, de parcă ar fi fost gunoiul menajer de cu o zi înainte.

Ella nu putea să scape de impresia că se trezise în mijlocul unui film. Văzuse acel tip de mişcare doar în filme, iar Mark părea să trădeze agilitatea unui luptător ninja.

Cei doi îşi scuturară capetele pentru a şi le limpezi, iar apoi se aruncară din nou asupra lui Mark, numai pentru a fi întâmpinaţi de un luptător talentat.

Mark nu părea să facă nici un fel de efort, chiar dacă mişcările lui nu erau pline de graţie. Pe bărbat nu îl interesa frumuseţea luptei, ci eficienţa brutală. Avea grijă ca fiecare mişcare pe care o făcea să conteze, iar rezultatele erau uimitoare.

Ella se ridică în fund cu efort şi se strâmbă de durere. Încă mai avea probleme de vedere şi ceaţa părea să înconjoare absolut tot, chiar dacă ea ştia fără nici o îndoială că nu era ceaţă în seara aceea. O migrenă teribilă începu să o sâcâie, iar cineva ce deţinea o tobă se distra de minune pe seama ei undeva în capul ei.

Femeia începu să îşi ronţăie unghiile când cei doi bărbaţi încercară să îl atace pe Mark în acelaşi timp. Mark era bine clădit, dar, cu toate acestea, era atacat de doi bărbaţi bine făcuţi, iar lupta numai dreaptă nu era, cu unul contra doi.

Îngrijorată sau nu, femeia nu putea să îşi ia privirea de la el. Stilul de luptă al lui Mark o impresiona. Acesta îşi folosea pumnii şi picioarele în acelaşi timp.

Observându-i mişcările precise, Ella înţelese că bărbatul nu era dezavantajat deloc. Se antrenase pentru aceasta şi se dovedea un luptător metodic. Nu irosea nici un fel de efort în nimic decât dacă rezultatul s-ar fi dovedit pozitiv. Acea concluzie îi luă femeii o greutate de pe piept.

Când atacatorul mai înalt scoase un cuţit din hanoracul lui, Ella îşi ţinu respiraţia. Bărbatul se aruncă asupra lui Mark, ţinând cuţitul cu vârful în jos.

BĂRBATUL APROAPE PERFECT

Ella încercă să se ridice, în același timp căutând înnebunită să găsească ceva ce ar putea folosi împotriva lui, dar încă resimțea efectele loviturii primite în tâmplă și se simțea amețită. Se clătină câteva momente, încercând să își găsească echilibrul.

Tocmai reușise să se stabilizeze pe picioare când un urlet îi ajunse la urechi și femeia îngheță. Își întoarse capul în direcția sunetului, tocmai la timp pentru a vedea că brațul atacatorului se îndoise la un unghi nenatural. Cuțitul îi alunecase dintre degete și căzuse pe asfalt cu un zgomot ce răsună în parcarea aproape goală, în care se afla doar mașina lui Mark.

Se auziră pași grăbiți, iar ea, temându-se că cei doi atacatori primeau întăriri, își aruncă ochii în direcția de unde veneau aceștia. Omul de pază fugea în direcția lor, vorbind grăbit în stația lui radio.

Din cauza roiului de viespi ce își făcuse cuib în urechile ei și al cărui bâzâit era asurzitor, Ella nu reuși să îi înțeleagă cuvintele.

Deja privirea îi era încețășată, dar acum totul deveni din ce în ce mai întunecat, iar femeia căzu din nou în tunelul inconștienței.

Ella nu se trezi din leșin atunci când Mark o plesni ușor peste obraji, dar se trezi atunci când sirenele mașinilor de poliție răsunară pe strada goală și copleșiră liniștea serii.

Ella își deschise ochii cu dificultate. Încă mai vedea steluțe în fața ochilor, iar individul cu toba din interiorul creierului ei insista să continue să cânte, ceea ce o făcu să se strâmbe din nou. Îl ura din toată inima.

Ea îşi dădu seama că Mark o ţinea în poala lui. O dusese spre bancă mai devreme, iar acum o ţinea în braţe. Mark îi îndepărtă părul de pe chip, iar apoi se uită cu atenţie la ochii ei, observând semnele unei contuzii.

— Trebuie să facem o excursie la spital, Ella, spuse el pe un ton calm şi măsurat.

Femeia încercă să protesteze, dar el o opri punându-i un deget pe buze.

— Nu, mi-e teamă că acest lucru nu este negociabil, continuă el pe un ton implacabil. Trebuie să te vadă un doctor. După aceea, vom vedea.

— Este totuşi necesar să ne daţi o declaraţie, domnule, spuse un ofiţer de poliţie. De fapt, amândoi ar trebui, continuă el, întorcându-şi privirea şi spre Ella.

Ella şi Mark îşi întoarseră ochii spre el. Deşi o treziseră sirenele, Ella nu îşi dăduse seama că cineva a chemat poliţia.

— Bineînţeles, domnule ofiţer, răspunse Mark. Nu este deloc complicat. Am venit să o iau pe Ella la cină. Am ajuns aici şi i-am văzut pe cei doi indivizi atacând-o, spuse el, arătând spre cei doi atacatori.

Un alt ofiţer de poliţie îi conducea pe cei doi bărbaţi încătuşaţi spre maşina de poliţie, iar un rânjet plin de satisfacţie înflori pe buzele lui Mark.

— În fine, am ajuns aici tocmai la timp să o văd pe Ella lovindu-l cu genunchiul pe unul dintre atacatori în zona genitală. E vorba de cel mai înalt. Înainte de putea coborî din maşină, celălalt şi-a plantat pumnul în faţa ei, iar ea a căzut, explică Mark, după care se opri pentru a îşi coborî ochii spre Ella.

Degetele lui conturară chipul femeii cu tandreţe, iar mai apoi buzele i se strânseră într-o linie subţire dură.

— După ce a căzut, individul a început să îi rupă hainele de pe ea, iar eu am intervenit, continuă Mark, din nou ridicându-şi ochii spre ofiţer. Ne-am luptat vreo câteva minute, iar unul dintre ei m-a atacat cu un cuţit. Mi-e teamă că i-am rupt braţul apărându-mă. După ce am terminat cu el, m-am ocupat şi de cel de-al doilea. Cred că acesta ar fi rezumatul evenimentelor, ridică Mark din umeri.

— Da, ştiam partea aceea cu cuţitul, dădu poliţistul din cap.

După aceea îşi îndreptă ochii spre maşina de poliţie ca să vadă dacă avea colegul lui vreo problemă cu oamenii pe care îi arestaseră, iar mai apoi se întoarse înapoi la Ella şi Mark.

— Agentul de pază a anunţat la 911 că a fost scos un cuţit. El nu ştia cum a început totul pentru că îşi făcea rondul în timpul acela, dar când s-a întors la staţia lui, a văzut pe monitor că doamna se lupta cu tâlharii, le explică el. Acum, doamnă, îmi puteţi spune ce vi s-a întâmplat? se întoarse ofiţerul spre Ella.

Ella îi povesti ce se petrecuse înainte ca Mark să fi ajuns la locul faptei. Nu îşi amintea deloc că îi fuseseră rupte hainele de pe ea. Acum ştiind că se întâmplase, observă că îi fusese distrus costumul.

Ofiţerul de poliţie le luă informaţiile personale pentru a-i contacta mai târziu dacă ar fi fost necesar, iar apoi i se alătură colegului său. Acesta deja îi pusese pe cei doi atacatori în maşina de poliţie. Doar unul dintre ei avea ambele mâini încătuşate. Celălalt avea nevoie de tratament medical şi oricum nu îşi putea folosi braţul.

Mark o ajută pe Ella să se ridice şi o conduse la maşina lui.

— Următoarea oprire, camera de gardă, femeie frumoasă, spuse el. Dacă ești cuminte, îți voi găti în seara aceasta, continuă el cu un zâmbet, în timp ce o ajută să intre în mașină.

Bărbatul se asigură că i-a prins corect centura de siguranță, iar apoi conduse mașina spre spitalul St. Michael's, unde petrecură aproape două ore așteptând ca un doctor să o poată vedea pe Ella.

Camera de gardă era plină de oameni și deprimantă, dar, în ciuda plângerilor Ellei, Mark nu renunță la hotărârea lui că un doctor trebuia să o examineze. Nici măcar nu se gândea să discute părăsirea spitalului înainte de aceasta.

Doctorul confirmă diagnosticul lui Mark. Ella avea o contuzie și avea nevoie de odihnă. Omul îi dădu acesteia un paracetamol și o sfătui să evite orice alte medicamente pentru durere timp de cel puțin două zile.

Mark insistase să i se facă un CAT scan și, într-un final, reușise să îl convingă pe doctor să o trimită pe Ella pentru testare. Până la urmă, Mark s-a arătat mulțumit să afle că totul era în regulă cu ea și o conduse înapoi la mașina lui.

După ce au părăsit parcarea, bărbatul își aruncă privirea spre ea și observă că femeia închisese ochii și încerca să se odihnească, în ciuda încruntăturii adânci pe care o avea între sprâncene.

— După cum am promis, îți voi pregăti cina în seara aceasta. Va trebui, însă, să ne oprim la supermarket, dar tu te vei putea odihni în mașină până ce termin eu cumpărăturile. Mă voi grăbi, o să vezi.

— Bine, răspunse Ella pe un ton moale. Orice vrei tu este bine și pentru mine.

Mark zâmbi privind-o, iar mai apoi îşi scutură capul şi conduse spre cel mai apropiat magazin. Ajuns acolo, o sfătui pe Ella să încuie uşile de la maşină în urma lui şi plecă doar după ce auzi că încuietorile au fost activate.

Ella închise ochii şi aproape că adormi până când se întoarse Mark cu mai multe pungi pline de cumpărături. Îşi deschise ochii pentru suficient timp ca să îl vadă intrând în maşină, iar mai apoi îi închise din nou.

— AM AJUNS, ELLA, ÎI scutură Mark umărul, iar ea se trezi cu o tresărire.

Ochii femeii se lărgiră, plini de spaimă.

— Sunt doar eu, nu te speria, îi şopti Mark, alinându-i chipul cu degetele.

Ella dădu din cap, iar mai apoi observă că el oprise maşina în faţa clădirii ei. Dezamăgirea îi lăsă un gust amar pe limbă. Era clar că Mark nu voia ca ea să afle unde locuia.

Femeia simţea nevoia să strige la el, dar nu se simţea suficient de puternică pe moment pentru a se certa cu el, aşa că se mulţumi să zâmbească trist.

— Vrei să parchezi în parcarea vizitatorilor sau unde parchezi maşina mereu când vii încoace? îl întrebă ea.

— Voi parca în parcarea oaspeţilor în seara aceasta. Nu vreau să fi obligată să mergi prea mult pe jos, îi răspunse el.

— Nu-mi fă nici un fel de favoruri, mai că scuipă ea. Parchează unde vrei. Şi apropo, nu este nevoie să mă dădăceşti în seara asta. Nu aş vrea să-ţi strici noaptea cu chestia asta, continuă ea sarcastic.

Ella îşi dădea seama că suna ca o scorpie, dar nu se putea abţine. Mark o privi preţ de câteva clipe, încercând să îşi dea seama ce se petrecea cu ea.

— Nu cred că îmi voi strica noaptea dacă voi avea grijă de tine. În afară de asta, ţi-am promis cina, iar eu întotdeauna îmi ţin cuvântul, îi răspunse el gânditor.

— Mda, sigur, mormăi ea, deşi ştia că nu era corectă vizavi de el.

Mark niciodată nu îi spusese o minciună evidentă. Dar totuşi, bărbatul evitase sistematic să o invite la el acasă, iar acel lucru o deconcerta.

— Bine, Ella. Înţeleg că ai avut o noapte dificilă şi că ai o durere de cap amarnică, spuse el pe un ton grav. Din cauza aceasta, nu o voi lua la modul personal. Hai să parcăm afurisita de maşină şi să urcăm în apartamentul tău.

Ella îi aruncă din nou o privire şi remarcă liniile adânci de la colţurile gurii lui. Bărbatul era supărat, în ciuda faptului că încerca să se arate înţelegător. Îl deranja că ea nu voia ajutorul lui, dar femeia ridică din umeri, fără să îi pese de ce gândea el. În fond, avea motivele ei să fie furioasă pe el.

Mark scrâşni din dinţi, iar degetele i se încleştară pe volan. O mai privi o clipă pe femeie, iar apoi porni din nou maşina şi se îndreptă spre parcarea pentru oaspeţi, unde o ajută să coboare din maşină, iar mai apoi, adună plasele pe care le lăsase pe locul din spate.

Călătoria cu liftul rămase tăcută şi tensionată, iar Ella îşi coborî ochii la podea ca să nu îi întâlnească privirea, pe care o simţea permanent asupra ei. Atenţia lui constantă asupra ei o agita, iar hotărârea ei de a nu-i mai vorbi începu să se destrame.

BĂRBATUL APROAPE PERFECT

Din fericire pentru ea, ajunseră la etajul ei înainte ca ea să capituleze şi imediat după ce au intrat în apartament, femeia se îndreptă spre dormitor fără o vorbă.

CAPITOLUL ZECE

Ella scoase de pe ea resturile costumului ei şi le aruncă în coşul de gunoi din baie. După aceea, făcu un duş şi se îmbrăcă în pantaloni de sport negri şi un tricou alb pentru a merge în camera de zi.

Ochii ei îl găsiră pe Mark imediat. Bărbatul era ocupat în bucătărie, tăind ardei. Simţindu-i prezenţa, acesta se întoarse şi îi zâmbi.

— Te simţi mai bine acum? se interesă el.

Ella dădu din cap şi se îndreptă spre insula din bucătărie. Cum era desculţă, covorul gros de pe podea îi atenua zgomotul paşilor.

Femeia se aşeză pe un taburet înalt şi îl întrebă pe Mark:

— Ai nevoie de ajutor?

— Nu, nu-ţi fă griji, spuse Mark, fluturându-şi mâna. Totul este sub control. Puiul este aproape gata. Mai trebuie doar să adaug legumele, spuse el, punând ardeii în tigaie şi, cu mişcări experte, amestecând carnea cu legumele.

Bărbatul nu părea în afara elementului lui în bucătăria ei, iar acel lucru o surprinse.

Mirosurile de condimente pluteau în aer, iar Ellei îi plouă în gură. Femeia mâncase un sendviş la prânz, dar aceea se întâmplase cu mult timp în urmă. Acum era moartă de foame, chiar dacă încă o mai durea capul.

— Am umblat prin dulapuri și am scos farfuriile, spuse Mark. Vrei să mănânci aici sau în camera de zi?

— Aici e bine, răspunse ea.

În timp ce făcea duș, Ella luase hotărârea de a nu mai analiza lucrurile sine die. Dacă Mark dorea mai mult, atunci totul era bine. Dacă nu, faptul că ea tăia firul în patru, gândindu-se la motivele lui, nu o ajuta cu nimic.

Ella știa că va trebui să se decidă ce va face și curând. Timpul trecea pe lângă ea, iar dacă ar fi dorit să își realizeze planurile, atunci ar fi trebuit să facă ceva pentru asta. Doar așteptând nu o mai ajuta cu nimic.

Mark puse mâncarea pe farfurii, iar mai apoi turnă câte un pahar de suc de portocale pentru amândoi. După aceaa, începură să mănânce în tăcere.

— Ce te-a supărat, Ella? o întrebă Mark după câteva minute de tăcere profundă. Că nu am ajuns acolo la timp să te salvez de tâlharii ăia sau altceva?

Ella își ridică ochii spre el, uluită.

— Despre ce vorbești? îl întrebă ea.

— Pot să-mi dau seama că ești supărată pe mine. Ai fost necăjită toată seara. Am crezut că e din cauza a ceea ce s-a întâmplat în parcare, dar s-ar putea să mă înșel.

Femeia își scutură capul.

— Fii serios! Nu a fost vina ta. Ba chiar m-ai salvat până la urmă, dacă îți amintești, spuse ea, aplecându-și capul pe o parte.

Ella îl privi cu ochii îngustați.

— Mi-e teamă că am uitat să-ți și mulțumesc, spuse ea pe un ton gânditor, oarecum rușinată.

Bărbatul își flutură degetele pentru a-i îndepărta orice gând de acel gen.

— Nu ai de ce să îmi mulţumeşti. Oricine ar fi făcut la fel, îi spuse el.

— Nu chiar, i-o întoarse Ella. Oamenii nu se bagă în mijlocul unei altercaţii atunci când şansele nu sunt de partea lor.

— Şansele nu erau împotriva mea, Ella, îi răspunse Mark uluit de cuvintele ei. Pot să mă descurc cu doi atacatori, uneori chiar cu trei. Evident, nu câştig întotdeauna, dar ştii şi tu, doar ziua de azi contează, adăugă el râzând.

— Da, eşti bun, trebuie să o recunosc. Te-ai antrenat mult timp, nu-i aşa?

— Da, aşa e. De obicei mă antrenez cam de trei ori pe săptămână cel puţin, uneori mai mult de atât. Adevărul e că merită, după cum ai şi văzut, îi surâse el buclucaş.

— Da, merită, se arătă ea de acord, ducând furculiţa cu mâncare la gură. Eşti bun şi la gătit. Trebuie să recunosc şi asta, remarcă ea după ce mestecă cu grijă.

— Sunt singur şi m-am cam săturat să mănânc în oraş, ridică el din umeri. Aşa că gătitul a devenit o prioritate, admise el. Pot să fac chestia asta, carne cu legume şi paste. Desigur, pot să fac şi grătar. Nimic altceva, mi-e teamă.

Ella îşi lăsă furculiţa pe farfurie şi se ridică de pe scaun.

— Unde te duci? o întrebă Mark, ridicându-se şi el la rândul lui.

— Am nevoie de nişte apă. Ar trebui să fie în cămară, îi răspunse ea.

— Şi poţi să îmi ceri mie să ţi-o aduc, spuse Mark, conducând-o înapoi la taburetul ei. Haide, trebuie să te odihneşti, Ella. Nu uita că ai avut o contuzie serioasă şi nu ar trebui să te mişti prea mult acum, spuse el, îndreptându-se mai apoi spre cămară ca să ia apa.

— Doctorul nu a spus nimic de acest gen, i-o întoarse ea cu ţâfnă, vocea-i încăpăţânată răsunând în urechile bărbatului.

— Şi ce dacă? se întoarse el cu apa şi un alt pahar. Bănuiesc că a considerat că ştii deja acest lucru şi că nu era cazul să ţi-l repete.

— Pe bune?

— Da, pe bune, îi spuse el pe o voce plină de autoritate, turnând apa în paharul ei. Şi oricum, sunt aici, aşa că pot să-ţi aduc apă dacă vrei. De ce să te oboseşti când altcineva îţi poate uşura viaţa puţin?

Ella luă paharul de la el şi bău. Se jucă cu paharul timp de câteva secunde înainte de a-l lăsa pe masă.

— De-asta eşti aici? Să faci lucrurile mai uşoare pentru mine?

— Dar desigur! Tu ce ai crezut?

Femeia nu îi răspunse imediat, iar el îşi dădu seama că se gândea profund la ce urma să spună.

— Mark, ai fost direct cu mine încă de la început. Mi-ai spus ce doreai de la mine chiar în seara când ne-am cunoscut. Îţi aminteşti?

— Da, bineînţeles că îmi amintesc. Şi? Unde vrei să ajungi cu discuţia asta, Ella?

— Mă întrebam...

— Ce anume? se interesă Mark, aşezându-se din nou pe scaunul său şi începând să mănânce din nou, de parcă discuţia lor nu ar fi putut să îl facă să îşi uite cina.

Ella se foi în scaun, dar mai apoi îl privi direct în ochi şi îl întrebă:

— Ce s-a schimbat?

— Schimbat? întrebă el confuz, nefiind sigur ce voia ea să spună. Nimic nu s-a schimbat, Ella. Tot mai vreau să fac dragoste cu tine, dacă asta e ceea ce întrebi. Am aşteptat numai să te hotărăşti.

Ellei îi căzu falca din cauza şocului. Nu se aşteptase la un răspuns atât de direct, deşi ar fi trebuit deja să îl ştie pe Mark mai bine. Până ce reuşi să îi proceseze cuvintele, femeia se holbă la el, cu gura larg deschisă. După aceea, îşi închise gura cu un clinchet al dinţilor.

— Deci, pentru asta eşti aici acum, trase ea concluzia.

— Nu fi absurdă, îi răspunse el, deja iritat. Nu eşti în stare să faci sex acum, asta este clar. Eu ştiu care e ţelul meu, dar nu sunt un ticălos. În seara asta, este important ca să îţi revii. Dacă voi reuşi sau nu să te conving să mă laşi în patul tău poate să rămână pentru altă dată.

Ella avea sentimente amestecate acum. O făcea fericită faptul că bărbatul dorea să aibă grijă de ea pentru că aceasta însemna că îi păsa de ea într-o oarecare măsură. Şi cu toate acestea, se simţea şi de parcă ar fi fost un obiect de vânzare şi simţi impulsul de a-l arunca pe uşă afară.

Sentimentele contradictorii şi noianul de gânduri îi înrăutăţi migrena, aşa că, instinctiv, începu să-şi maseze tâmplele.

— Cred că mai bine iei două pilule de paracetamol acum și încerci să dormi un pic. Voi rămâne cu tine, nu îți fă griji. Dacă ai nevoie de mine, doar spune-mi.

Ella îi aruncă o privire. Ar fi vrut să continue discuția cu el, dar până la urmă renunță. Nu avea tăria pentru așa ceva.

Luă pilulele din mâna lui Mark și le bău cu apă, iar apoi, pur și simplu, părăsi bucătăria și se îndreptă spre dormitor. Când ajunse acolo, închise ușa în spatele ei, iar apoi se aruncă pe pat, închizând ochii și rugându-se ca durerea ascuțită să dispară.

Mark o urmări cu privirea. Știa că gândurile femeii erau conflictuale și că ea nu găsea sens în ceea ce spunea el. Nici măcar el însuși nu înțelegea prea bine ce gândea și simțea.

El era în căutare de pradă ca întotdeauna. Și cu toate acestea, simțea și nevoia să aibă grijă de ea, iar acel lucru îl sîcâia.

De asemenea, îl îngrijora că deja trecuseră câteva săptămâni de când tot stătea agățat de Ella și că lăsase deoparte îndeletnicirea lui favorită. Se antrenase să nu îi pese de femei, ci numai să ia ce voia de la ele, iar apoi să plece. De aceea, acum, își ura propria lui atitudine față de ea.

CAPITOLUL UNSPREZECE

Ella se trezi simțind atingerea blândă a degetelor lui Mark pe obraz. Femeia deschise ochii și îl zări lângă pat, aplecat peste ea. Bărbatul îi îndepărtă părul de pe față, ceea ce părea a fi unul dintre obiceiurile lui, iar apoi o sărută cast pe buze.

— Bună dimineața, frumoasă adormită. Încă o jumătate de oră mai mult și aș fi putut să-ți urez bună ziua, îi spuse el, surâzându-i.

Ella îi întoarse zâmbetul, dar brusc își aduse aminte că ar fi trebuit să fie la birou de câteva ore și sări din pat, abia evitând să-i lovească capul cu umărul.

— Hei, hei, ce faci? Unde e drăcia aia de foc? o întrebă Mark uluit, abia reușind evite un cot în gură.

Ella deja sărise din pat și alerga spre baie, așa că strigă spre el:

— Ar fi trebuit să fiu la muncă. Doamne, ce mă fac acum?

Mark veni după ea și o opri să-și sfâșie hainele de pe ea.

— Calmează-te, Ella. Am avut eu grijă de tot, nu te teme. Se știe la tine la birou ce ți s-a întâmplat noaptea trecută și mi-au spus că ar trebui să rămâi acasă astăzi. Oricum, agentul de pază deja raportase totul înainte să sun eu.

Ella se opri brusc și se întoarse spre el încet. Nu îi venea să creadă ceea ce auzea.

— Ai sunat la mine la birou și le-ai spus ce s-a întâmplat, repetă ea, de parcă nu ar fi fost sigură că auzea totul corect.

— Evident că da, dădu Mark din mână, oarecum supărat acum.

Femeia se dovea puțin cam densă în anumite probleme.

— Nu e ca și cum nu ai fi trăit un coșmar noaptea trecută, Ella. Ai nevoie să îți revii, iar în afară de asta, dă-mi voie să-ți spun că partea aceea a feței tale este umflată rău de tot, arătă el cu degetul spre chipul ei. Nu am crezut că ai vrea ca lumea să te vadă astfel, îi explică el.

Ella clipi, încercând să își regăsească vocea. Nu știa ce să spună, însă. Ar fi vrut să urle la el. Simțea impulsul de a-l lovi și de a arunca ceva. Și totuși, era, de asemenea, mult prea obosită, nu numai în toane proaste.

— Mark, începu ea să vorbească încet. Nu poți să iei hotărâri în locul meu. Dacă nu pot merge la muncă, eu voi fi cea care sună să anunțe că sunt bolnavă, nu tu, spuse ea, deja strigând, iar sprâncenele lui Mark i se ridicară acestuia pe frunte. Cine naiba te crezi tu de îmi suni șeful ca să îi spui că sunt bolnavă?

— Bine, calmează-te, spuse Mark ridicându-și mâna. S-ar puea să fi încălcat limita, dar ai avut un somn agitat noaptea trecută. Doar dimineață ce te-ai mai calmat, îi explică el.

Bărbatul îi mângâie brațele pentru a o alina, iar mai apoi simți impulsul de a-i săruta colțul gurii, dar se răzgândi. Nu se părea că femeia i-ar fi primit sărutul prea amabil.

— M-am gândit să nu te trezesc și să îți cer să decizi ce ai vrea să faci. Nu e nevoie să îți pierzi cumpătul din cauza asta, contiuă el, pe un ton oțelit acum. Dacă vrei să plec, o să plec. Nu e mare lucru. Nu e nevoie să faci o întreagă dramă din chestia asta.

BĂRBATUL APROAPE PERFECT

Ellei nu îi prea surâdea direcţia în care se îndrepta situaţia şi se panică. Nu ştia dacă reacţia ei fusese exagerată, dar ştia că Mark o ajutase tot timpul din seara precedentă.

Femeia îşi frecă faţa, iar apoi spuse:

— Nu ştiu ce să spun, Mark. Chiar nu ştiu. Dar ştiu că am nevoie de un duş şi de o ceaşcă de cafea. Poate că după aceea mintea îmi va funcţiona aşa cum trebuie şi atunci voi ştii ce să-ţi spun.

El continuă să o privească cu aceeaşi ochi de oţel preţ de mai multe clipe, iar apoi îşi arătă acordul cu o mişcare a capului. Muşchii lui tensionaţi se relaxară, iar el îi mângâie părul.

— Du-te şi fă duşul acela, iar eu voi pregăti cafeaua, spuse el într-un sfârşit şi se întoarse să plece.

Privirea Ellei îl urmări până ce bărbatul părăsi dormitorul, iar după aceea, ea se sprijini de uşa de la baie, închizând ochii.

Durerea de cap se întorsese. O durere ascuţită îi străbătea tâmplele şi ochii, iar obrazul umflat pulsa.

Femeia era confuză şi supărată. Nu ştia ce să mai facă şi, brusc, totul părea mult prea mult. Lacrimi îi ţâşniră în ochi şi când prima îi alunecă pe faţă, Ella închise uşa de la baie şi dădu drumul la robinetul de la duş.

CAPITOLUL DOISPREZECE

Ella se întoarse în camera de zi, iar privirea lui Mark o analiză din vârful capului şi până la călcâie. Cum nu era obişnuită cu atât de multă atenţie, femeia începu să se foiască sub ochi lui cercetători.

Satisfăcut, Mark dădu din cap, iar apoi luă o altă de cană pentru a turna cafea şi pentru Ella. După aceea, adună ceştile, zaharniţa şi laptele pe o tavă şi, cu o aplecare scurtă a capului, o invită pe Ella afară pe balcon.

— Hai să ieşim afară, Ella. Este destul de cald pentru începutul lunii octombrie, observă el, şi sunt sigur că aerul proaspăt ţi-ar face bine.

Ella nu îi răspunse, dar îl urmă afară. Pe balcon, inspiră adânc aerul lacului, bucurându-se, în acelaşi timp, de briza uşoară simţită pe piele. Se aşeză pe unul din fotoliile de grădină şi îşi puse zahăr şi lapte în cafeaua pe care bărbatul i-o puse în faţă.

— Tot mai eşti supărată pe mine? se interesă Mark, dar tonul lui o avertiza că indiferent de răspunsul ei, pentru el era tot una, că nu îi păsa.

Femeia îşi scutură capul. Nu mai era supărată pe el. Fusese înainte, dar prefera să creadă că bărbatul făcuse ce făcuse pentru binele ei. Aşa putea accepta acţiunile lui cu mai multă uşurinţă.

Oricum, şi ea ar fi cerut probabil să i se dea ziua liberă. Şi cu toate acestea, tot trebuia să se asigure că bărbatul pricepea că nu avea dreptul să ia decizii în locul ei.

— Nu, nu mai sunt supărată, Mark, îşi scutură Ella capul, privindu-l direct în ochi. Dar, accentuă ea cuvântul, te rog să nu mai iei hotărâri în numele meu. Întreabă-mă mai întâi.

Mark o analiză preţ de câteva clipe, iar apoi dădu din cap că a înţeles.

— În regulă, nu mai iau nici o hotărâre înainte să te întreb mai întâi. Am priceput. Acum ce părere ai avea dacă am lua un mic dejun mai uşor? Apropo, ăsta este codul pentru pâine prăjită cu unt. La atât mă pricep în bucătărie când vine vorba de micul dejun. După aceea putem merge să facem o plimbare pe malul lacului şi să luăm un prânz mai târziu pe undeva. Ce zici? o întrebă el, luându-i mâna într-a lui şi jucându-se cu degetele ei.

În ciuda durerii ei de cap constante, pielea începu să o furnice când degetele lui îi atinse pielea. Acela era un alt lucru pe care nu-l putea ea înţelege. Nu putea să-şi dea seama de ce Mark avea acel efect asupra ei.

Ella ştia că nu simţise pentru Colin nici măcar pe jumătate din ceea ce simţea pentru Mark, iar asta nici măcar în zilele bune ale relaţiei lor. Fusese împreună cu Colin pentru un timp destul de lung, mult mai lung decât cu Mark, evident, şi ea ştia că sentimentele aveau nevoie de timp pentru a se dezvolta.

Uneori avea impresia că şi Mark simţea la fel ca şi ea, dar alteori, o copleşeau îndoielile. Bărbatul se comporta de parcă nu ar fi simţit nimic, ci doar se juca, încercând să mai pună un semn pe tăblia patului, pentru ca mai apoi să îşi vadă de viaţa lui.

Acel rollercoaster constant al simţurilor o înnebunea efectiv. Ura să încerce mereu să ghicească ce se întâmpla şi să se lupte cu dubiile tot timpul.

Ella se pierduse complet în gândurile ei, aşa că Mark îşi flutură mâna în faţa ochilor ei.

— Hei, mai eşti aici cu mine? Unde te-ai dus, Ella?

Femeia izbucni în râs, dar sunetul râsetului ei sună destul de artificial în urechile ei. Nu se îndoi că şi bărbatul îşi dăduse seama de asta.

— Da, sunt aici. Bineînţeles că sunt aici. Hai să mergem, da. Va trebui să mă îmbrac cu altceva mai întâi, dar e o idee bună. Hai să ieşim. Poate că o plimbare mă va ajuta cu durerea de cap, se ridică ea, hotărâtă să alunge gândurile neplăcute, hotărâtă să îl accepte pe Mark aşa cum era, cel puţin pentru ziua aceea.

— Tot te mai doare? se interesă el. Mai bine iei încă două pilule de paracetamol.

— Da, tata, o să iau, glumi ea, dar vorbele ei nu aduse nici o urmă de zâmbet pe buzele lui, aşa că femeia se zori să intre înăuntru pentru ca să îşi schimbe hainele.

Ella nu se mai obosi să ghicească ce gândea el pe moment. Oricum tot avea să afle destul de curând.

SE PLIMBARĂ PE ŢĂRMUL lacului cam jumătate de oră, iar Ella se simţea recunoscătoare lui Mark că o făcuse să îşi ia o jachetă. Vântul se înteţise şi aerul devenise destul de rece.

Cei doi se plimbară și conversară împreună tot timpul, iar Mark inventă tot felul de povești despre oamenii care treceau pe lângă ei, făcând-o să râdă. Bărbatul avea o imaginație deosebită și știa să o și folosească. Povestirile lui erau pline de umor și o făcură să se simtă mai bine.

— Ar fi trebuit să te faci scriitor, remarcă Ella. Ai un talent aparte să aduci o poveste la viață.

— Poate că am fost scriitor în altă viață, spuse el, surâzând, iar mai apoi ridică din umeri.

— Crezi în reîncarnare, observă ea uluită, incapabilă să își ascundă surpriza la cuvintele lui.

— Nu pot spune că într-adevăr cred, dar nu pot spune nici că nu cred, îi răspunse Mark, întorcând-o în direcția spre Irish Pubul, care era deschis în apropierea cheiului.

— Ce înseamnă asta? întrebă Ella, râzând cu scepticism. Nu face sens. Fie crezi în ceva, fie nu crezi. Nu există nimic între cele două.

— Ba da, face sense, dacă te gândești puțin, i-o întoarse Mark, mereu surâzând. Nu pot spune că într-adevăr cred pentru că nu am avut ocazia să trăiesc experiența eu însumi. De aceea, nu am o dovadă imbatabilă. Și totuși, nu pot spune că nu cred pentru că nu am o dovadă definitivă că reîncarnarea nu este posibilă.

— Asta-i ca și cum ai trage mâța de coadă, Mark, spuse Ella. Luând teoria ta în considerare, atunci poți spune același lucru despre o mulțime de lucruri.

— Mda, și asta și fac, îi confirmă el. Pot spune asta despre fantome, o putere omnipotentă, un univers plin de viață, existența extratereștrilor... și așa mai departe. Am o listă destul de lungă, o avertiză el, râzând.

— Tu doar râzi de mine, spuse Ella, îngustându-şi ochii.

— Departe de mine gândul ăsta, îi spuse el şi se opri din mers.

Îi luă ambele mâini în ale lui şi o privi în ochi cu seriozitate.

— Ella, cred că sunt multe lucruri în univers şi că nimeni nu le poate explica sau dovedi, îi explică el.

Gânditor, Mark îşi trecu vârfurile degetelor peste dosul mâinii ei preţ de câteva clipe. Mai apoi privirea îi alunecă spre suprafaţa gri a lacului, bărbatul părând pierdut pe gânduri.

Ella nu se putea gândi la ce să-i răspundă, ci doar îl privea cu curiozitate. Aceea era o faţetă pe care el niciodată nu i-o dezvăluise.

— Şi cu toate acestea, îşi întoarse el ochii spre ea, nu pot nega că toate aceste lucruri există doar pentru că nu le pot eu vedea. Prefer să..., spuse el scuturându-şi capul, încercând să găsească cele mai potrivite cuvinte. Cum aş putea eu spune asta în aşa fel încât să înţelegi ce vreau să spun? spuse el mutându-şi privirea spre un punct în depărtare la orizont. Uite, cam asta e, se întoarse el spre ea. Nu elimin absolut nimic numai pentru că cineva spune că un lucru nu e posibil. Aminteşte-ţi de Shakespeare.

Ella îl privi năucită:

— Shakespeare?

— Da, Shakespeare. *Sunt mai multe lucruri în rai şi pe pământ, Horaţiu/ Decât poate visa filozofia ta.* Ştii tu, Hamlet i-a spus asta lui Horaţiu."

— Da, desigur, ştiu asta, dar nu văd legătura.

— Uite, lucrurile stau cam aşa, Ella. Pentru ca să pot dezaproba ceva, am nevoie de o dovadă incontestabilă. Nu o voi face doar pentru că cineva spune aşa. Prefer să fiu circumspect, dacă vrei, spuse Mark.

Bărbatul căzu pe gânduri vreo două minute, iar mai apoi continuă.

— Sunt sigur că există mai multe pe lumea aceasta şi dincolo de această lume decât mi-aş putea eu imagina, îşi scutură el capul. Doar gândeşte-te. Tot timpul ştiinţa face progrese şi arată că ceva ce anterior fusese considerat o aiureală reprezintă un fapt real, sublinie Mark.

Degetele bărbatului trecură peste ale Ellei, în timp ce acesta îşi aduna gândurile.

— Doar erau atât de al naibii de siguri că Pământul este plat. S-a dovedit până la urmă că este rotund sau aproximativ rotund. Mai apoi au considerat că Soarele se învârte în jurul Pământului, iar Pământul era centrul universului. Ei bine, ştiinţa a dovedit că lucrurile stau altfel. Acestea sunt cele mai comune exemple. Deci, nu, nu pot afirma că cred sau nu în ceva numai pentru că oamenii spun că acel lucru este imposibil. Vreau să văd dovada. Sunt Toma Necredinciosul, dacă vrei, în absolut tot.

Ella îl privi gânditoare. Brusc văzu ceva mai mult în el, deşi acel lucru era oarecum tulburător. Femeia înţelese că bărbatul nu va accepta nimic ca fiind real fără a avea o dovadă clară, iar acel lucru ar fi fost şi mai important când venea vorba de sentimente.

— Ce este? se interesă el când observă felul în care femeia îl studia.

Ea ridică din umeri și își îndepărtă gândurile triste din minte. Zâmbind, răspunse:

— Nu e nimic. Doar că ai dezvăluit ceva nou despre tine și este emoționant, dar și înspăimântător în același timp, recunocu ea.

— Emoționant și înspăimântător, repetă el meditativ. Asta e interesant. De ce?

Femeia reîncepu să meargă, iar el o urmă.

— Nu știu cum să-ți explic, Mark, dar... E ca și cum tocmai am văzut o nouă dimensiune a ta, îi răspunse ea fără să îl privească.

Ella nici măcar nu vedea pe unde pășește. Gândurile îi erau într-o agitație continuă și femeia simțea o presiune neobișnuită în piept.

— Mai profundă dacă vrei. Și cu toate acestea, ceea ce ai spus arată de ce îți este dificil să creezi o legătură cu cineva și să construiești o relație serioasă, îi explică ea. Iar acest lucru mă îngrijorează, mărturisi ea, aruncându-și ochii spre Mark și observându-i încruntarea.

— Poate că da, spuse el. Dar întotdeauna, în fiecare dintre noi, există mai mult decât poți vedea la prima vedere. Poate că mi-este dificil să creez o conexiune cu cineva și din alte motive decât cele pe care le consideri tu, continuă el. În fine, hai să luăm un prânz târziu și mai vorbim, o trase Mark în pub.

Amfitrioana îi conduse spre o masă, timp în care Ella se luptă cu sine însuși, nesigură dacă ar fi trebuit să îi mai pună lui Mark alte întrebări. Până la urmă, femeia pierdu bătălia.

— Bun, m-ai făcut curioasă. Care alte motive?

Mark își aruncă privirea sprea ea în timp ce luă meniul care amfitrioana îl lăsase pe masă și îl deschise.

— Nu vreau să fiu nepoliticos, Ella, dar acestea sunt personale, spuse el, iar vocea lui aspră o îngheţă până la oase.

Ella înşfăcă şi ea meniul ei de pe masă şi, deschizându-l, încercă să îl citească. Cu toate acestea, nu vedea nimic în faţa ochilor.

Pe nepusă masă, simţea nevoia să plece şi să se întoarcă singură acasă. Acum avea, cu adevărat, dovada că relaţia pe care ea crezuse că o construise cu Mark nu era altceva decât o iluzie.

Ella se cufundase profund în gândurile sale, aşa că, atunci când el îi atinse mâna, tresări. Cu un icnet slab, femeia îşi întoarse ochii mari spre el.

— Îmi pare rău, Ella. Nu am avut intenţia să te necăjesc. Doar că este ceva despre care nu vorbesc, îi spuse Mark. Nu are nimic cu tine, crede-mă. Este doar ceva din trecutul meu şi acela este un trecut pe care încerc să îl uit, îi explică el, iar sinceritatea îi răsună în voce.

Ella îşi întoarse ochii spre meniul ei şi spuse pe un ton foarte pragmatic:

— Cred că am chef de o friptură, Mark. Ştiu că au aici cea mai bună friptură de New York.

— Ella, insistă Mark, dar ea îşi trase mâna dintr-a lui şi îl privi drept în ochi.

— Nu este o problemă, Mark. Toţi avem secretele noastre şi nu avem nici un chef să le împărtăşim oamenilor care nu sunt importanţi în viaţa noastră, îi răspunse ea pe un ton aspru.

— Niciodată nu am spus că ai fi neimportantă, i-o întoarse el, exasperat. Am spus doar că acest subiect nu e important.

— Nu, nu ai spus asta şi, evident, nu este neimportant, spuse ea pragmatic. Nu te teme, Mark, îţi poţi păstra secretele. Hai să mâncăm ceva. Mi-e foame tare.

BĂRBATUL APROAPE PERFECT

Mark voia să insiste şi să o facă să înţeleagă, dar îşi dădu seama că acel lucru nu l-ar fi ajutat prea mult, aşa că îi făcu semn chelneriţei să vină şi să le ia comanda.

— Ce ai vrea să bei? o întrebă el pe Ella.

— Cred că mi-ar plăcea o coca cola, răspunse ea.

— Două coca cola, te rog, comandă el, iar ospătăriţa notă ceva pe blocnotesul ei, dând din cap., pentru ca mai apoi să se îndrepte spre bucătărie să dea comanda.

Ella se uita în toate părţile, mai puţin în direcţia lui. Mark o apucă de mână şi, în ciuda eforturilor ei de a şi-o trage înapoi, bărbatul i-o ţinu strâns într-a lui.

— Bine, Ella, spuse el pe un ton nesigur. Nu am spus chestia asta nimănui până acum, nici măcar celor mai apropiaţi prieteni, sublinie el faptul, iar mai apoi ezită încă vreo câteva secunde.

Privirea lui mătură peste oamenii din restaurant, iar apoi se întoarse spre ea.

— Cu ceva timp în urmă, eram pe punctul de a mă însura...

Ella mai că tresări la cuvintele lui, care efectiv o şocară. Ella se aşteptase la ceva de genul unei legături sentimentale eşuate, dar nimic atât de important.

— Nu-mi spune că te-a părăsit la altar sau ceva de acest gen, îl rugă ea, temându-se de ce urma bărbatul să îi dezvăluie.

Ella ştia că anumite răni aveau nevoie de foarte mult timp să se vindece, iar altele nu se vindecau niciodată în întregime.

Mark râse cu amărăciune.

— Nu, nimic de acest gen, o linişti el. Cam cu două săptămâni înainte de nuntă, m-am hotărât să iau prânzul la un restaurant chinezesc. Aveam aşa o poftă, ştii tu. Cum nu era nici unul în apropiere de biroul meu, am luat un taxi până la Mandarin. Ştii tu, cel la care poţi mânca oricât vrei şi te costă o nimica toată. Oricum, trebuie să spun că au mâncare bună, spuse el. Sunt înnebunit după ea, deşi mereu regret că am mâncat prea mult atunci când părăsesc restaurantul. În fine, am ajuns acolo şi m-am aşezat la rând, aşteptând să fiu aşezat, ştii doar cum e, când am auzit vocea dulcei mele logodnice, spuse el.

Ella îşi ciuli urechile. O îngrijora sarcasmul din vocea lui Mark, iar părul fin de la ceafă i se ridică.

— Era şi ea acolo, vezi tu, continuă el. Vorbea cu una dintre prietenele ei apropiate, explicându-i că abia aştepta să se mărite cu mine, spuse Mark, scuturându-şi capul.

Bărbatul râse, dar sunetul râsetului lui nu suna deloc fericit, aşa că inima ei se strânse. Mark îşi mai scutură încă o dată capul, iar după aceea continuă.

— Imaginează-ţi că mi-a crescut inima în piept pentru o clipă. E un sentiment nemaipomenit auzind-o pe femeia cu care vrei să te însori spunând ceva de acest gen. Da, mi-a crescut inima în piept, dar numai pentru a se dezumfla cu totul şi a cădea jos de tot după numai câteva momente, spuse el, sprâncenele adunându-i-se deasupra ochilor.

Bărbatul îşi întoarse ochii spre ceilalţi oameni din restaurant pentru câteva clipe, iar Ella înţelese că Mark avea nevoie de câteva momente pentru a se aduna înainte de a continua cu povestirea lui. Acel lucru îi spuse ei că ceea ce urma să audă nu va fi uşor de înghiţit.

Ochii lui Mark se întoarseră înapoi la ea. Gura lui devenise o linie subţire, iar un muşchi din maxilarul îi zvâcnea.

— Ei bine, logodnica mea a continuat să îi explice prietenei ei cum stăteau lucrurile. Vezi tu, avea ea un plan, ridică el din umeri, ca și cum nu ar mai fi contat.

În ciuda acelui fapt, Ella știa că acea poveste conta. Vorbele acelei femei îl marcase pe bărbat pentru totdeauna.

— Într-adevăr plănuise să se mărite cu mine, dădu el din cap, iar ochii Ellei se lărgiră.

Nu se așteptase deloc la așa ceva, așa că se scutură mental și decise să nu mai facă presupuneri, ci să aștepte ca el să își spună povestea.

— Mda, voia să se mărite cu mine și să îmi facă viața iadul pe pământ. Atunci când ar fi reușit să își atingă scopul, ar fi divorțat de mine și mi-ar fi luat absolut totul, spuse el cu amărăciune, scuturându-și capul din nou. Cum nu era nici un fel de contract prenupțial semnat, aceasta însemna că ar fi trebuit să îi dau bani toată viața mea, recunoscu el cu dispreț față de sine însuși.

Ella își scutură capul, fiind incapabilă să proceseze totul atât de repede. Știa că existau astfel de oameni. Cu toate acestea, nu întâlnise pe nimeni de acest fel în viața personală și avea nevoie de timp să se gândească la toate aspectele situației.

Mark dădu din cap și spuse:

— Nu reprezentam decât o cartelă de masă pentru ea, înțelegi tu? Așa că am rupt așa zisă relație pe loc, exact în acel moment. Am anulat nunta și m-am dus pe drumul meu. Așa că asta e tot, nimic mai mult.

Ella se mulțumi să îl privească, ceea ce îl făcu pe Mark să se simtă nelalocul lui. Dacă măcar femeia ar fi spus ceva, atunci el ar fi știut ce îi trecea prin minte, dar tăcerea ei nu prevestea nimic bun.

— Ai iubit-o mult? Încă o mai iubești? îl întrebă ea după mai multe minute de tăcere.

Cuvintele ei îl șocară, iar el se holbă la ea, incapabil să îi răspundă imediat. Se așteptase la cu totul altceva de la ea, nu la așa ceva.

Bărbatul își adună gîndurile și întrebă:

— Poftim?

— Încă o iubești, nu-i așa? declară Ella cu tristețe și resemnare în voce.

— Ți-ai pierdut mințile? mai că strigă Mark.

Presupunerea ei îl uluise. Sprâncenele i se ridicară peste ochii care îi luceau de uimire.

— Cum naiba ai ajuns la concluzia aceea? Chiar dacă aș fi iubit-o înainte, nu aș mai fi iubit-o după ce aș fi aflat ce a plănuit. Dar, după cum s-a dovedit ulterior, nici măcar nu o iubeam, spuse Mark cu o grimasă sarcastică. Mă flatase faptul că s-a uitat la mine. Știi tu genul, cam așa ca prietena ta, Jo, dacă îmi aduc eu aminte numele corect, spuse el cu un surâs.

Ella simți că Mark spunea adevărul. Cu toate acestea, el nu o cunoștea pe Jo.

— Te înșeli, Mark, își scutură ea capul. Jo nu ar face ceva de genul ăsta. Da, este ea mai încrezută, dar nu se folosește de oameni. Dacă îi place cineva, este cinstită față de persoana respectivă. Nu a fost niciodată îndrăgostită, dar sunt sigură că dacă ar fi, ar fi loială și ar proteja omul iubit.

Mark își aplecă capul pe o parte de parcă ar fi acceptat mustrarea, iar atitudinea lui nu era departe de adevăr. Contactul lui cu Jo fusese marginal, așa că nu o putea judeca pe femeie după numai câteva minute de conversație, chiar dacă acea discuție trădase o persoană cu mintea extrem de îngustă, în opinia lui.

După aceea, bărbatul îi luă din nou mâna. Privi drept în ochii ei și îi spuse:

— Nu am inima ruptă, Ella. Atâta doar că nu consider că este momentul să am o relație stabilă. Nu caut să mă însor, știi. Cu toate acestea, mi-ar place la nebunie dacă am putea să luăm relația noastră la următorul nivel. Ne cunoaștem suficient de bine unul pe celălalt, nu crezi?

Ella îl privi, dar nu spuse nimic. Nici măcar nu știa ce să răspundă. Era pentru întâia dată în viața ei când un bărbat îi spunea că relația dintre ei ar fi trebuit să evolueze, iar în același timp îi mărturisea că nu avea nici un interes într-o relație stabilă. Dacă aceea nu era o contradicție în termeni, atunci ea chiar nu mai știa ce însemna așa ceva.

— Ella, o trase Mark de mână, încercând să o facă să îi răspundă.

Femeia își întoarse ochii spre el și spuse pe un ton rece:

— Deci ceea ce vrei este un fel de relație, ceva cu beneficii din ceea ce înțeleg. De fapt, tu mă previi că nu ar trebui să mă gândesc că am putea rămâne împreună să trăim fericiți până la adânci bătrâneți. Nu-i așa?

— Dar nu am spus-o în aceste cuvinte, îi zâmbi el, dar zâmbetul lui nu mai părea atât de sincer de data aceasta. Cu toate acestea, ne cunoaștem destul de bine de acum. Sunt oameni care trăiesc împreună o viață întreagă și tot nu ajung să știe totul unul despre celălalt. Iar noi doi ne plăcem unul pe celălalt. Nu poți să o negi, o împunse el și mai mult.

Privirea lui tulburătoare îi fixa ochii cu hotărâre.

— Există o atracţie naturală între noi, Ella, sublinie Mark. Şi ca să fiu cinstit, este chiar foarte puternică, mai continuă el, persuasiv.

Ella nu spuse nimic, ci doar îl privi. Nici măcar nu ştia ce să spună. Cuvintele lui erau adevărate într-o oarecare măsură, dar, cu toate acestea, ea ar fi dorit mai mult dintr-o relaţie.

— Uite, Ella. Hai să facem o recapitulare finală, spuse Mark, iar spre uimirea ei, bărbatul începu să socotească motivele pe degete. Suntem grozavi împreună, mai tot timpul; râdem împreună; vorbim despre tot felul de lucruri; nu ne plictisim unul pe celălalt; şi suntem atraşi unul spre celălalt, spuse el, vizând fiecare motiv pe un deget. Aşa că aş spune că ar trebui să încercăm, îşi pledă el cauza. Aş putea să te mint şi să îţi spun că vreau să rămân cu tine pentru totdeauna, ridică el din umeri. Te-ar face aşa ceva să te simţi mai bine? se interesă el pe o voce sarcastică.

— Nu, Mark, să mă minţi nu m-ar face să mă simt mai bine, bineînţeles, îi răspunse ea, pe acelaşi ton pragmatic, pe care îl folosise şi el mai înainte. Şi cu toate acestea, ştiind că ar putea exista posibilitatea să fie ceva mai mult, mai târziu, bineînţeles, nu acum, înţeleg asta, se grăbi ea să spună, ci mai târziu, da, acel lucru m-ar face să mă simt mai bine.

— Aşa ceva ar fi o minciună, spuse el, încruntat. Nimeni nu ştie ce ar putea veni mai târziu, Ella. Ceea ce avem este acum. Asta este tot ce avem. Iar acest acum este bun pentru noi, spuse el, gesticulând cu mâna între ei doi.

Cuvintele lui nu-i schimbaseră femeii părerea, iar el putea să vadă aceasta. Cu toate acestea, credea că încă mai avea o şansă să o convingă.

— Haide, doar ne înţelegem destul de bine. De ce să nu explorăm mai mult? îşi deschise Mark braţele.

— Uite, spuse Ella, un pic supărată deja. Nu sunt o mironosiţă. Şi da, sunt atrasă de tine. Şi totuşi, nu îmi place că tu închizi uşa peste ceva înainte să vină timpul să o faci.

— Dar nu fac aşa ceva, răspunse el. Ceea ce fac este să îţi spun ce gândesc şi ce cred. Acesta sunt eu şi ceea ce vezi acum este singurul lucru de care poţi fi sigură în legătură cu mine. Restul... nu poţi niciodată să ştii ce va fi.

Ella dori să-i răspundă, dar o zări pe chelneriţă venind cu comanda lor, aşa că se lăsă pe spate în scaun şi păstră tăcerea.

Mark citi în ochii ei ce se întâmpla, aşa că îşi întoarse capul la timp să o vadă pe ospătăriţă lângă scaunul lui. Îi zâmbi acesteia şi îi făcu loc să pună mâncarea pe masă.

— Asta va fi tot? întrebă ea.

Ella observă cu satisfacţie că femeia a privit spre ea prima, iar abia după aceea spre Mark. Cel puţin aceasta trăda maniere, iar Ellei îi plăcu acel lucru şi îi zâmbi cu multă căldură.

— Totul este perfect mulţumesc, răspunse ea, iar Mark dădu şi el din cap pentru a arăta că îi împărtăşea părerea.

Amândoi începură să mănânce în tăcere, dar aceasta nu dură prea mult. Mereu era ceva de spus şi de discutat. Întotdeauna găseau ceva în comun care să-i facă să râdă.

Ella se văzu nevoită sa recunoască că Mark avea dreptate. Aveau ceva bun între ei doi şi nimeni nu putea ştii ce se va întâmpla până la urmă.

Deja riscase mai înainte când a crezut că totul urma să fie nemaipomenit. Se înşelase.

Dar, în ciuda acesteia, trebuia să riște și cu Mark. Niciodată nu răspunsese mai puternic unul alt bărbat. Ar fi fost păcat să strice relația cu el numai pentru că el nu era în stare să se angajeze la mai mult.

Ella nu dorea să își trăiască viața regretând, și știa că va avea regrete dacă renunța la relația cu Mark înainte ca ceva rău să se întâmple. S-ar fi întrebat mereu ce ar fi fost dacă ar fi continuat.

— DECI, CE AI VREA SĂ faci acum? o întrebă Mark după ce plecasă de la pub. Vrei să mergem înapoi acasă sau să ne mai plimbăm?

Ella se gândi pentru o clipă, dar mai apoi spuse:

— Nu, hai să mergem acasă. Bineînțeles, dacă ești și tu de acord, adăugă ea.

— Da, bineînțeles, îi răspunse el cu un surâs și o apucă de mână. Hai să ne bem cafeaua pe balconul tău. Dacă nu ești prea obosită, poate putem să vedem un film mai târziu. Ce zici?

— Da, cafea și film sună bine, se arătă ea de acord.

Vântul se întețise și mai mult, iar briza o făcu să tremure. Mark îi simți frisoanele și, dându-i drumul la mână, își puse brațul pe după umerii ei și o trase mai aproape de el.

— Se face din ce în ce mai rece pe zi ce trece, observă el. Vremea asta e foarte înșelătoare. Ai impresia că va fi cald și, brusc, îngheți, mai ales aici pe țărmul lacului. Cred că vântul e de vină.

Ella dădu din cap și se ghemui în trupul lui mai bine. Mark o făcea să se simtă protejată, ba chiar îi aducea căldură în inimă, un sentiment pe care nu îl mai avusese de multă vreme.

BĂRBATUL APROAPE PERFECT

Intrară în condoul ei, iar după ce închiseră ușa, Mark o opri și îi luă fața în mîini. O privi drept în ochi preț de câteva clipe lungi, iar mai apoi, se aplecă deasupra ei și îi sărută buzele. Sărutul era ușor, aproape inexistent, dar terminațiile ei nervoase începură să vibreze.

Ella își trecu mîinile pe pieptul lui, în sus spre umeri. Ridicându-se pe vârfuri, își închise ochii și îi întoarse sărutul. Gura lui deveni mai îndrăzneață și lacomă, sărutând-o mai profund.

Izul său de mosc se împleti cu mirosul lăsat de vânt în părul lui și îi invadă nările Ellei. Degetele lui îi mângâiară fără grabă pielea expusă și toate simțurile ei se dezlănțuiră.

Ella fusese sărutată înainte și îi plăcea să sărute. Întotdeauna considerase că un sărut era mai intim decât orice altceva. Și totuși, niciodată nu se simțise atât de tensionată și plină de așteptări cum se simțea în acel moment.

Mark schimbă unghiul gurii sale asupra buzelor ei, iar dinții lui îi mușcară puțin mai tare buza inferioară. Femeia gemu, iar Mark, drept răspuns, își potrivi trupul mai bine la al ei. Ea tremură, simțind suprafața dură a pieptului lui și presiunea părții inferioare a trupului lui.

El îi gustă și ronțăi buzele cu o foame insațiabilă, mai apoi, trăgându-se înapoi doar o fracțiune de centimetru și respirând cu greu. Mark își aplecă capul deasupra ei, iar fruntea lui o a atinse pe a Ellei.

Rămaseră astfel, ținându-se strâns unul pe celălalt în brațe, vreme de câteva minute mai lungi. Doar respirația lor sacadată penetra tăcerea ce se întindea în jurul lor, copleșind întreaga încăpere.

După o vreme, Mark se trase înapoi la o lungime de braț și îi surâse cu malițiozitate. Brusc, o ridică în brațe, iar Elle, surprinsă, țipă. Mai apoi, își înnodă brațele în spatele gâtului lui, temându-se că o va scăpa din brațe, iar el izbucni în râs.

— Nu te teme, Ella! Ești prea mică pentru mine ca să te scap.

Ella se mulțumi să își scuture capul, iar Mark o porni spre dormitorul ei cu ea în brațe. O ținea aproape de pieptul lui, neluându-și privirea de pe chipul ei. Cu toate acestea, bărbatul se opri înainte de a trece pragul camerei.

— Vrem amândoi același lucru acum, Ella? o întrebă el pe un ton grav. Știi că te doresc nebunește, dar dacă tu nu mă vrei...

— Ba da, te vreau, spuse ea în grabă, temându-se că bărbatul se va răzgândi, dar el lăsă să-i scape un oftat exagerat de pe buze, și Ella râse.

Mark o purtă în dormitor și o lăsă jos, în picioare, lângă pat. O privi cu atât de multă intensitate că femeia se încălzi sub privirea lui. Cu vârful degetului, îi atinse conturul chipului, temându-se că o va răni, iar după câteva clipe, îi împinse părul pe spate.

Neluându-și privirea din ochii ei, Mark se apropie mai mult, trecându-și buzele peste obrazul Ellei, ajungând mai apoi la urechea ei, unde își încheie mișcarea cu o mușcătură a lobului urechii. Ella se cutremură din nou.

Degetele lui Mark îi masară ceafa, iar buzele sale coborâră pe coloana gâtului ei abia atingând-o. Își scufundă mai apoi dinții în pielea sensibilă, iar Ella gemu. Mark îi alină pielea rănită cu limba, iar femeia uită să mai gândească.

DE-A LUNGUL URMĂTOARELOR săptămâni, Ella şi Mark se văzură aproape în fiecare zi. Mark o invita la cină în oraş sau, uneori, la un film sau doar la o plimbare. Alteori, găteau împreună.

Râdeau mult împreună, împărtăşindu-şi evenimentele ce se întâmplaseră în timpul zilei, iar Mark îşi petrecea aproape toate serile cu ea. Ella nu vedea nici un semn că bărbatul se săturase să îşi petreacă timpul cu ea şi avea intenţia să caute pe altcineva.

Ei doi funcţionau bine împreună, iar Ella credea că erau meniţi unul pentru celălalt. De multe ori, pe nepusă masă, se pomenea visând la un viitor cu Mark şi trebuia să se întoarcă cu picioarele pe pământ.

Ella spera să îşi petreacă viaţa cu el şi nu numai din cauza ceasului ei biologic care continua să numere minutele. Dar, pentru prima dată în viaţă, se simţea bine cu un bărbat atât în pat, cât şi în afara patului.

Şi totuşi, Mark niciodată nu făcea vreo aluzie că ar fi existat un viitor pentru ei doi, iar Ella nu dorea să aducă subiectul în discuţie, temându-se că ar fi distrus ceea ce aveau pe moment, aducându-le ghinion.

În fond, de la început, Mark îşi exprimase părerea foarte clar şi nu-i dăduse nici un fel de speranţe. Bărbatul nu încercase să o mintă, făcând-o să creadă că una dintre opţiunile pe care le avea ar fi fost o viaţă alături de el în anii ce urmau.

Ella era satisfăcută, chiar dacă nu îşi văzuse împlinite toate dorinţele. Şi totuşi, ceva tot o sâcâia din când în când, iar acea obsesie îi marca într-un fel momentele pe care le petrecea cu el.

Mark nu o invita niciodată la el acasă. Ea nici măcar nu știa cu oarecare precizie cu ce se ocupa acesta sau unde lucra. Uneori, bărbatul îi oferea mici informații despre ceea ce făcea, dar nu era niciodată foarte precis despre nimic.

În ciuda acestui fapt, zilele petrecute împreună deveniră săptămâni, iar mai apoi o lună se întinse într-o a doua lună. Decembrie începuse, iar ei erau tot împreună. Relația lor devenea tot mai puternică pe fiecare zi ce trecea.

Ori de câte ori se privea în oglindă, Ella observa că strălucea de bucurie. Arăta mai bine decât oricând înainte, iar ea știa că Mark era cel ce pusese acea strălucire pe chipul ei. De asemenea, știa că se îndrăgostise de el fără nici o speranță.

CAPITOLUL TREISPREZECE

Ella se grăbi să intre în sala de ședințe, încercând să-și domolească respirația. Femeia întârziase, chiar dacă o ținuse tot într-o fugă până acolo.

Așa ceva nu i se întâmplase în întreaga ei carieră. Se mai întâmpla să întârzie câteva minute atunci când trebuia să se vadă cu prieteni, dar niciodată nu i se întâmplase când venea vorba de vreo întâlnire de afaceri.

Absolut totul mersese prost în dimineața aceea. În mod obișnuit, Ella nu avea nevoie de alarmă ca să se trezească, dar în ziua aceea, nici măcar nu o auzise. Se trezise cu o oră și cincisprezece minute mai târziu decât trebuia, așa că se grăbise să treacă prin rutina ei de dimineață pentru a câștiga timp.

Mark nu își petrecuse seara de dinainte cu ea pentru că trebuise să se vadă cu un prieten. Altfel, cel puțin, el ar fi trezit-o.

În mod normal, Ella lua autobuzul pus la dispoziție de clădire pentru a ajunge la metrou dimineața, dar autobuzul deja plecase când a ajuns ea jos, așa că s-a grăbit să ajungă la tramvai pentru că nu voia să conducă. Ar fi petrecut mai mult timp în trafic și nu ar fi ajutat-o defel.

Cu toate acestea, femeia nu avu parte de noroc. Și tramvaiul a rămas blocat în trafic din cauza unui accident pe linie, așa că, până la urmă, a trebuit să meargă pe jos până la metrou, ceea ce i-a luat mai mult de douăzeci de minute.

Nu i-a fost uşor să meargă pe tocuri atât de mult timp, iar Ella se mustrase că nu îşi pusese cizmele comode, mai ales că ninsese în ziua aceea. Zăpada se topise deja, dar pavajul era alunecos.

Ella trebuia să se întâlnească cu şeful ei la o firmă concurentă unde aveau o întâlnire privind aranjarea unei înţelegeri de divorţ. Ciocăni rapid la uşa sălii de şedinţe spre care o îndreptase recepţionista şi deschise şi uşa în acelaşi timp.

Femeia intră în încăpere, dar se opri şocată înainte de a ajunge la masă. Deja îşi deschisese gura să îşi ceară scuze, dar nici un cuvânt nu i se formă pe buzele amorţite. Cu ochii mari, Ella se uita fix la Mark, care era aşezat la masă, lângă cealaltă parte din cazul de divorţ.

Ochii lui Mark nu trădară faptul că acesta o cunoştea. Bărbatul pur şi simplu o evaluă cu răceală. Se întâlniseră nu mai devreme decât cu două zile în urmă, iar acum el reacţiona de parcă ea ar fi fost o simplă angajată ce nu merita decât o trecere în revistă superficială.

Ella se împiedică, dar se redresă imediat şi reuşi, în sfârşit, să vorbească.

— Îmi cer scuze că am întârziat, dar traficul a fost oribil. Sper că nu m-aţi aşteptat prea mult.

— Nu îţi fă griji, Ella. Nu am ajuns aici decât acum câteva minute, îi răspunse şeful ei pe un ton jovial. Ia un loc şi imediat ce recepţionista ne aduce cafeaua, vom începe, îi făcu el semn să se aşeze lângă clienta lor, doamna Thompson.

Aceasta, o femeie de cincizeci şi cinci de ani, îşi lăsase tinereţea în urmă de ceva vreme. Liniile de pe chipul ei trădau că femeia avusese parte de o viaţă grea şi nu prea comodă.

BĂRBATUL APROAPE PERFECT

Doamna Thompson făcuse apel la organizația Pro Bono Ontario, cerând ajutor atunci când soțul ei începuse procedurile de divorț după mai bine de douăzeci și opt de ani de căsnicie, timp în care femeia l-a susținut cum a știut ea mai bine.

Lucrase schimburi duble într-un bar mai bine de trei ani în timp ce el mergea la universitate, iar după aceea crescuse patru copii, păstrând o casă imaculată pentru familia sa. De asemenea, îl ajutase pe soțul său să urce pe scară în lume, organizând petrecerile perfecte, pe care acesta le voia și le cerea.

Ei bine, după aproape trei decenii de căsnicie credincioasă și dedicație din partea ei, soțul ei găsise calea perfectă pentru a-și arăta recunoștința față de soția lui. Domnul Thompson a traversat criza vârstei mijlocii și a început să se întâlnească cu femei tinere. Ca rezultat, a dat peste femeia visurilor lui și nu a mai putut trăi fără aceasta.

Bărbatul a cerut divorțul imediat, iar în timpul procedurilor, i-a arătat clar soției de aproape treizeci de ani că nu merita prea multe în schimbul muncii ei asidue.

Bărbatul i-a făcut viața un calvar timp de un an până ce aceasta a părăsit casa. Aceasta era ceea ce aștepta el, pentru a începe să o distrugă pe femeie metodic. Misiunea vieții lui deveni să o vadă pe aceasta cerșetoare pe străzi.

Dar cineva i l-a prezentat doamnei Thompson pe șeful Ellei, care își oferea serviciile fără cost în astfel de situații.

Șeful Ellei, domnul Lloyd, nu era un oponent facil, așa că Ella era sigură că acesta va putea să o ajute pe fosta soție să obțină adăpost și să aibă măcar mâncare pe masă.

Ceea ce Ella nu știa era ce căuta Mark acolo, în sala de ședințe, și care era poziția lui în cadrul discuțiilor.

Cafeaua fu adusă şi negocierile începură, dar amărăciunea clientei lor şi sarcasmul părţii opuse le stăvili.

Mark vorbi în favoarea soţului, arătându-şi suportul pentru el în orice fel ar fi fost necesar.

Până la urmă, domnul Lloyd trase concluzia că nu se putea ajunge la nici un acord şi că vor trebui să meargă la tribunal.

Şedinţa o epuiză pe Ella. Emoţiile crude zburau sălbatic, iar felul principal din meiu consta în insulte şi reproşuri.

În timpul discuţiilor, Ella a aflat că Mark deţinea o companie de software reputabilă. Chiar şi ea auzise despre ea, doar fusese subiectul de discuţie din oraş de-a lungul ultimilor doi ani.

Viziunea bărbatului construise nişte aplicaţii populare, dar şi programe pentru industrii cheie. În afară de aceasta, compania dezvoltase jocuri şi deja înghiţise mare parte din piaţa aceea.

Ella crezuse că ştia cine era Mark. Chiar dacă acesta nu îi spusese nimic, femeia presupuse că acesta era un bărbat bine plătit, angajat într-o poziţie bună, în cadrul unei companii mari.

Dar ea observase că acesta avea haine de calitate deosebită şi, de asemenea, observase şi localurile unde acesta o ducea. Bărbatul alegea de la cele mai ieftine restaurante fast-food, care aveau cea mai bună mâncare, la cele mai elegante localuri.

Se părea că realitatea depăşea cele mai stranii teorii ale Ellei. Mai mult decât atât, o durea să vadă că Mark decisese să o ţină în întuneric, chiar dacă înţelegea de ce o făcuse. În fond, fusese rănit în mod serios în trecut şi nu mai avea încredere în nici o femeie acum.

În ciuda acelui fapt, femeia îi luă în nume de rău atitudinea, ba chiar simți și o oarecare ură pentru el. Mark ar fi trebuit să o cunoască deja. Ella nu era o femeie materialistă și niciodată nu cerea nimic. Prefera să obțină lucrurile ea însăși.

Ella abia aștepta să iasă din acea sală de ședințe. Nu putea respira. Dorea să îl confrunte pe Mark în legătură cu tot ce aflase, dar nu știa dacă aceea era o idee bună pentru că era mult prea rănită pe moment și ar fi putut spune unele lucruri pe care le-ar fi regretat mai târziu.

Femeia părăsi încăperea cu domnul Lloyd și clienta lor. În lift, acesta îi explică pe un ton blând doamnei Thompson ce urma să se petreacă de atunci încolo. O asigură că, în ciuda faptului că lucrurile păreau să stea cam prost, realitatea era însă alta.

Biata femeie era îngrijorată și scoasă din minți de spaimă, așa că domnul Lloyd o invită la biroul său pentru a discuta cu ea mai mult și ca să o liniștească.

Când ieșiră din lift, acesta se întoarse spre Ella:

— Eu o să o conduc pe doamna Thompson la birou în mașina mea, Ella. Nu cred că te așteaptă nimic urgent astăzi acolo. Oricum, ai făcut o treabă bună în ultima vreme, așa că îți voi da ziua liberă. Du-te acasă și te relaxează. Mâine o să ai destul de lucru și meriți o pauză. Ai nevoie să te las undeva?

Ella îi mulțumi, dar îi refuză oferta și ieși din clădire în timp ce ceilali doi luară un alt lift spre parcare.

Ella se opri în fața clădirii nehotărâtă. Nu știa ce să facă cu timpul liber din acea zi. Se bucura, însă, că nu trebuia să se întoarcă la birou. Gândurile ei cutreierau alte cărări și nu ar fi putut să se concentreze pe nimic.

Cu toate acestea, îi era şi teamă că având atât de mult timp liber la dispoziţie, mintea ei se va tot răsuci în jurul a diverse întrebări şi îndoieli.

Simţi brusc o mână pe umăr şi, speriată, se întoarse şi dădu de ochii serioşi ai lui Mark. Femeia îi scutură mâna de pe umărul ei şi îl studie cu ochii îngustaţi.

— Nu prea păreai să îţi aduci aminte de mine atunci când am intrat în sala aceea, spuse ea, arătând cu bărbia spre clădire. Acum ce mai vrei de la mine?

— Haide, Ella. Atunci era vorba doar de afaceri. Sunt sigur că poţi înţelege asta, i-o întoarse Mark, cu un zâmbet mic culcuşit în colţul gurii.

Ella îi întoarse privirea cu ochi reci şi spuse:

— Mda, totul este doar o afacere. Ei bine, mă tem că nu prea mai ai noroc pe moment, Mark. Nu mai sunt deschisă nici unei afaceri acum.

Femeia îi întoarse spatele şi o porni în jos pe scări cu grijă pentru a nu aluneca şi cădea. Treptele fuseseră curăţate de zăpadă, dar tot mai erau alunecoase.

Mark veni după ea şi o prinse de braţ:

— Bun, poţi să îmi spui de ce eşti acum supărată? Ajută-mă să pricep. Este din cauză că nu am spus ceva de genul *Bună, Ella, ai avut o noapte plăcută? Şi ce zici dacă am merge să bem ceva după aceea?* Despre asta este vorba? o întrebă el cu o lumină dură în ochi.

— Dă-mi drumul, Mark, îi scutură ea din nou mâna de pe braţul ei cu hotărâre. Nu, nu m-am aşteptat să spui aşa ceva, evident. Dar nici nu m-am aşteptat să mă tratezi de parcă aş fi fost o amărâtă de angajată, situată undeva sub nivelul tău, continuă ea, inima strângându-i-se când îşi dădu seama de tonul său certăreţ.

Ella nu vroia să îi dea de înţeles cât de mult o supărase şi o rănise cu purtarea lui. Ar fi fost ca şi cum l-ar fi lăudat pentru o treabă bine făcută.

— Nu am reacţionat astfel şi chiar şi tu o ştii, de altfel. Altceva te macină, de fapt, nu-i aşa? i-o întoarse Mark, încruntându-se.

Ella se gândi câteva clipe dacă ar fi fost înţelept să trădeze ceea ce simţea, dar mai apoi decise să spună adevărul. În fond, îi ceruse bărbatului să fie sincer cu ea, aşa că trebuia şi ea să fie cinstită cu ea însăşi.

— Bine, Mark. Problema este că tu m-ai minţit. Niciodată nu mi-ai spus cine eşti cu adevărat. Asta din cauză că te temeai că voi deveni ca logodnica ta sau ce? îşi încheie ea tirada.

— Niciodată nu am minţit, Ella, iar tu o ştii. Pur şi simplu, niciodată nu am spus clar că aş fi ceva sau altceva, sublinie el.

— Ai omis unele detalii, Mark. Asta este adevărat. Dar tot a minţi se cheamă.

— Nu din punctul meu de vedere, îşi scutură el capul cu nonşalanţă.

— Perfect, atunci suntem de acord să nu cădem de acord asupra semanticii. Acum am alte lucruri de făcut aşa că... la revedere, spuse Ella, întorcându-i spatele, iar apoi începu să se uite după un taxi, nesimţind că i-ar fi surâs să se întoarcă înapoi acasă folosind mijloacele de transport publice.

— Vorbim mai târziu? o întrebă Mark din spate.

Femeia îşi întoarse capul spre el şi îl privi gânditoare timp de câteva clipe, după care spuse:

— Nu, nu vom vorbi.

Mai apoi, îşi întoarse atenţia spre stradă, unde, într-un sfârşit, zări un taxi pe care îl opri. Ella se urcă în maşină fără să îi mai arunce vreo privire lui Mark.

CAPITOLUL PAISPREZECE

Mark aşteptă vreo două zile să îi dea timp Ellei să se răcorească şi acum spera să aibă o şansă mai bună să îi vorbească. Se gândi că poate rana nu va mai fi atât de proaspătă şi că, poate, femeia va asculta şi la ce avea el de spus de data aceasta.

De-a lungul ultimelor zile, Mark s-a tot gândit la ce se întâmplase ultima oară când se văzuseră şi a trebuit să accepte faptul că şi el ar fi fost al naibii de furios dacă ar fi fost în locul ei.

Omul ştia că avea doar o singură ocazie să aducă lucrurile înapoi pe calea cea bună pentru ca relaţia lor să se întoarcă la status-quo-ul pe care îl împărtăşiseră mai înainte.

Acum, Mark patrula în faţa clădirii ei, aşteptând ca cineva să vină şi să intre în clădire. Astfel, ar fi putut să profite şi să treacă şi el prin uşa deja deschisă. Nu se îndoia că ar fi fost capabil să îl convingă pe omul de la recepţie să îi permită să urce la etajul Ellei fără să îl anunţe mai întâi. Deja scornise o povestire emoţionantă despre o surpriză şi o aniversare.

Mark venise cu flori şi nu numai ca recuzită pentru a-şi susţine povestea. În ziua în care se certase cu Ella, îi trimisese un buchet de trandafiri albi. Sperase că femeia va înţelege mesajul din spatele florilor.

Bărbatul voia să îşi ceară scuze. Înţelesese că el era singurul vinovat de ceea ce se întâmplase.

Cu o zi înainte, îi trimisese Ellei un alt buchet de flori, iar de data aceasta alesese trandafiri galbeni. De ce anume galbeni, nici el nu ştia exact, dar aşa simţise în acel moment.

Acum îi aducea trandafiri roşii, sperând ca aceaştia să-i pledeze cazul cu mai mult succes decât propriile lui cuvinte. Mark nu avea prea multă practică în a-şi cere scuze sau a-şi pune cenuşă în cap. Era un bărbat capabil să facă orice femeie să renunţe la lenjeria de corp, dar niciodată nu îşi cerea iertare pentru nimic.

Bărbatul se plimbă prin faţa clădirii până ce observă o femeie cu doi copii intrând în holul de la intrare. Cu un oftat de uşurare, o urmă imediat.

Omul de la recepţie privi în direcţia lor, dar nu încercă să îl oprească pe Mark. Cu un zâmbet pe buze, se mulţumi să o salute pe femeie şi să dea din cap spre Mark.

Mark mulţumi providenţei cereşti pentru norocul său. Se gândi că probabil omul îl văzuse venind în clădire deseori şi presupuse că Ella era de acord ca el să urce la apartamentul ei. Se părea că Ella nu anunţase recepţia că Mark era acum persona non grata.

Norocul lui Mark părea să ţină. Femeia şi copiii o porniră spre turnul sudic, aşa că Mark ajunse la lifturi fără să fie obligat să îl roage pe omul de la intrare să îl lase să treacă.

Când femeia şi copiii ei coborâră din lift la etajul cinci, Mark răsuflă uşurat. Aceştia fuseseră atât de gălăgioşi că bărbatul nu reuşise să îşi adune gândurile şi scrâşnise din dinţi mai tot timpul. Ştia că trebuia să aibă mintea iute pentru a o convinge pe Ella să-l lase să se întoarcă înapoi în viaţa ei.

Mark nu era pregătit să o lase pe Ella să plece. Își dăduse seama de aceasta în mai puțin de două ore de la ultima lor discuție.

Răbdarea lui Mark era pe sfârșite, așa că atunci când, în sfârșit, liftul opri la etajul Ellei, bărbatul o porni cu hotărâre pe coridor spre ușa apartamentului ei. Omul respiră profund și ridică mâna să ciocăne la ușă, când ușa i se deschise cu forță în față și o auzi pe Ella strigând din toți bojocii.

— Ți-am spus să nu te mai întorci aici niciodată, Colin. Ți-am spus că s-a terminat totul între noi. Nu știu ce a fost în mintea individului ăla de la intrare de te-a lăsat să urci, dar mă ocup eu și de el, nici o grijă.

— Haide, iubito, îi răspunse Colin, iar zâmbetul i se simțea în voce. Știi doar că mi-ai dus dorul și mă vrei înapoi. Acum vreo câteva zile m-am ciocnit de mama ta și mi-a spus totul despre asta. Nu este nevoie să faci pe timida cu mine acum.

— Ți-ai pierdut mințile dacă ai preferat să o crezi pe ea și nu pe mine. Ar fi trebuit să fi știut până acum că nu îi fac nici un fel de confidențe.

Mark asculta mesmerizat. Ella și individul necunoscut erau atât de prinși în cearta lor că nici măcar nu observaseră că aveau audiență.

Mark își drese glasul pentru a le atrage atenția. Ella își întoarse capul iute spre el și roșeața îi pictă obrajii. Femeia înghiți cu greutate ca urmare a stânjenelii.

Ella ura faptul că Mark a avut ocazia să fie martor la izbucnirea ei. Sperase că zilele în care se comporta ca o scorpie trecuseră după ce îl aruncase pe Colin afară din casa ei.

Colin veni lângă ea și mai întâi privi spre Mark, iar mai apoi spre buchetul de trandafiri din mâna lui.

— Cine naiba mai e şi ăsta, Ella? Mă înşeli cu el? lătră el, întorcându-şi ochii plini de fulgere spre ea.

Ochii Ellei se lărgiră din cauza şocului, iar o greutate i se ridică lui Mark de pe piept. Pentru o clipă doar, crezuse că Ella îşi bătuse joc de el. După episodul cu Gina, îşi promisese sieşi să nu mai permită ca aşa ceva să se întâmple.

— Poftim? îşi regăsi Ella vocea şi strigă la bărbat. Ţi-ai pierdut complet minţile, Colin? Chiar este necesar să îţi sparg ceva în capul ăla tare pentru a te face să-ţi revii la realitate? Tu... tu... idiotule! Cum naiba aş putea să te înşel când m-am despărţit de tine de luni de zile? se răsti ea la el.

— Nu, nu ne-am despărţit, Ella, o contrazise Colin pe un ton dur, încruntându-se la ea cu ferocitate. Pur şi simplu, ţi-am oferit timpul necesar să te întorci la realitate, atâta tot.

— Chiar ţi-ai pierdut minţile, îşi scutură ea capul uluită. Am avut eu unele îndoieli mai înainte, dar acum ştiu cu siguranţă. Te-am aruncat afară din casă, idiotule, şi intenţia mea a fost extrem de clară, îşi îndreptă ea un deget spre uşă pentru a-l da afară din nou.

Ella se decise să îl mai arunce pe Colin încă o dată afară pe uşă pentru a-l face pe cretin să priceapă. Nu voia să fie violentă cu el, dar era hotărâtă să facă ce trebuia să facă.

— Să-ţi intre bine în creierul tău de gâză, Colin. Totul s-a încheiat între noi doi. Nu te mai întoarce aici niciodată. Să nu îmi mai vorbeşti vreodată. Voi lua un ordin restrictiv împotriva ta dacă este necesar, îi spuse, tremurând din cauza furiei.

Ochii lui Colin se îngustară periculos de mult. Fără nici un fel de avertisment, o plesni pe Ella cu dosul palmei tare. Femeia căzu pe spate, iar capul i se lovi de perete cu zgomot.

Ella ţipă, şi nu numai din cauza durerii. Atitudinea lui Colin o şocase. Nu se aşteptase ca bărbatul să reacţioneze violent vreodată.

Mark aproape că mârâi şi avansă spre el. Nu îi aruncă nici o privire Ellei, ci îşi ţinu ochii fixaţi pe Colin.

Fără pic de ceremonie, împinse buchetul de flori spre Ella, iar apoi, rapid, degetele de la mâna sa dreaptă se strânseră în jurul gâtului lui Colin.

Ochii Ellei mai că ieşiră din orbite. Femeii nu îi venea să creadă ce se întâmpla, iar picioarele îi deveniseră spaghetti şi tremurau din toate încheieturile.

Mark îl împinse pe Colin în zidul opus Ellei. Continuând să-şi ţină degetele strâns în jurul gâtlejului bărbatului, îl ridică pe acesta cam trei centimetri de la podea.

Acţiunile lui păreau să nu necesite nici un fel de efort, iar Ella nu putea face nimic altceva decât să se holbeze la el.

Colin era atât de speriat că ochii aproape îi săriră din orbite. Beligeranţa lui dispăruse şi omul tremura vizibil acum, conştient că nu avea cum să îi ţină piept lui Mark.

Bărbatul îşi udă pantalonii, iar un miros puternic se risipi în aer. Mark se încruntă, iar buzele i se încreţiră din cauza dezgustului. Îl împinse pe Colin afară pe uşă şi bărbatul se împrăştie într-o grămadă în mijlocul coridorului.

— Stai departe de ea, golanule, zise Mark pe un ton oţelit. Dacă aud că ai îndrăznit doar să îţi arunci ochii spre ea, va fi plăcerea mea, efectiv, să îţi rup şi braţele şi picioarele, unul câte unul. M-ai auzit? întrebă el urlând.

Colin se chinui să se ridice în picioare. După aceea, dădu repede din cap ca o marionetă pe sfoară şi, în clipa următoare, o luă la fugă spre lift. Nu avea decât o singură dorinţă: să scape de Mark.

Lacrimile îi umplură ochii şi gânduri răzbunătoare îi alergară prin cap, dar oricum, Colin ştia că, de fapt, el era un laş şi nu ar fi fost capabil să facă absolut nimic. Neajutorarea îi aduse lacrimi proaspete pe obraji, iar omul strânse din dinţi şi îşi încleştă pumnii.

Ochii îngustaţi ai lui Mark urmărirã fuga lui Colin de-a lungul coridorului, iar după aceea se întoarseră spre Ella. Aceasta nu se mişcase de unde o lăsase şi încă mai ţinea în mână florile pe care i le dăduse de parcă erau firul ei cu realitatea.

Ella îl privea pe Mark fix, cu ochii măriţi şi gura deschisă. Amprenta palmei lui Colin încă îi mai colora o parte a feţei, iar Mark atinse locul acela cu tandreţe, nedorind să o rănească inutil.

— Eşti în regulă, Ella? o întrebă bărbatul cu blândeţe.

Femeia dădu din cap, chiar dacă nu se simţea bine deloc. Comportarea lui Colin şi vorbele lui o şocaseră, iar reacţia neaşteptată a lui Mark îi răpise vocea.

Ella nu ştia dacă ar fi trebuit sau nu să fie recunoscătoare că Mark apăruse la uşa ei. Cu toate acestea, nu putea nega că era mai mult decât mulţumită deoarece Colin dispăruse din nou din viaţa ei şi pentru totdeauna de data aceasta.

Femeia nu ştia ce vedea mama ei în Colin, dar, aparent, ea era singura care părea să îl placă pe nemernic. Nimeni altcineva din familia Ellei sau dintre prietenii ei nu putea să-i sufere individului mutra, iar unii dintre ei chiar fuseseră destul de vocali împotriva lui.

Interferenţa mamei ei în viaţa ei o enerva şi o mânia pe Ella. Nu era pentru prima dată, iar Ella se îndoia că ar fi fost pentru ultima oară. Cu toate acestea, ştia că nu ar fi ajutat-o cu nimic dacă ar fi discutat acel lucru cu mama ei.

— Ella, iubito, eşti bine? ajunse vocea lui Mark la urechile ei într-un final.

Ella îşi scutură gândurile şi îşi ridică ochii la el.

— Da, sunt bine, Mark. Îţi mulţumesc că ai aruncat gunoiul ăla afară pe uşă, spuse ea, aplecându-şi capul pe o parte, după care îşi strânse buzele şi îşi şterse fruntea umedă.

Ella îşi aminti că încă mai ţinea în mână florile pe care Mark mai că le aruncase spre ea şi îşi scutură capul. Se îndreptă cu paşi mari spre bucătărie să pună trandafirii în apă, iar Mark o urmă.

— Presupun că mi-ai adus florile mie, spuse ea cu nerăbdare în voce, întorcându-se spre el.

— Desigur că sunt pentru tine, îi zâmbi Mark. Cu siguranţă nu le-am adus pentru Colin, făcu el o încercare anemică de a fi amuzant, iar ea îl răsplăti cu un zâmbet slab

— Haide, Ella, eşti sigură că te simţi bine? veni el spre ea, punându-şi mâna pe braţul ei. Idiotul ăla te-a trântit destul de zdravăn în zid, adăugă Mark, cu îngrijorare în voce, iar vârfurile degetelor sale îi trasară conturul feţei încă o dată.

— Nu mi-a făcut prea mult rău, încercă Ella să îi descreţească fruntea, fluturându-şi degetele pentru a îi îndepărta îngrijorarea.

După aceea, femeia luă o vază de pe un raft şi începu să aranjeze florile în ea. Un zâmbet nesigur îi flutura pe buzele curbate şi îl înnebunea pe Mark, care nu reuşea să îi judece starea de spirit deloc.

— Din fericire am mai mult de o vază, Mark, îşi scutură ea capul. Nu aş fi ştiut ce să fac cu toate florile pe care mi le-ai trimis altfel, îşi întoarse ea surâsul spre el, după ce termină cu trandafirii.

Ella se uită în jur să găsească o suprafață pe care să pună vaza cu flori, iar apoi decise să o lase pe tejgheaua de la bucătărie.

Mark îi surâse ştrengăreşte.

— Ei bine, am făcut o mare tâmpenie deunăzi, aşa că... a trebuit să îmi cer scuze şi încă la modul serios, recunoscu el.

— Nu este nevoie să îţi ceri scuze, Mark, îi spuse ea pe o voce obosită. Ai avut, pur şi simplu, o anumită părere despre mine şi ai făcut ceea ce ai crezut că trebuia să faci.

Femeia spera că el nu va observa că încă o mai durea acea părere a lui despre ea.

— De fapt, nu, nu te-am văzut în acel fel, îi răspunse Mark cu blândeţe, apropriindu-se de ea.

Îşi petrecu braţul pe după talia ei şi o trase aproape de el, lăsându-şi capul pe al ei.

— Nu am crezut că erai ca fosta mea logodnică. Este doar ceva ce mi-a devenit o a doua natură dacă vrei. Ceva ce sunt obişnuit să fac, spuse el, scuturându-şi capul. Am încetat să le spun femeilor cine sunt sau ce fac şi am început să le ţin la distanţă, îi explică el. Am făcut acelaşi lucru şi cu tine. Este doar un prost obicei de care nu am ştiut cum să mă dezbar. Atâta tot, şopti el în părul ei.

Ella îl ascultă, absorbindu-i căldura trupului. Îi lipsise atingerea lui în ultimele câteva zile şi îi fusese dor să îl simtă aproape de ea.

BĂRBATUL APROAPE PERFECT

Era fericită că bărbatul venise să o vadă. Era de asemenea fericită că acesta avea tăria să își ceară scuze. Nu ar fi crezut că Mark ar fi putut face asta, mai ales că se pricepea să o facă atât de bine cu flori.

Bărbatul îi împinse capul în sus cu un deget sub bărbia ei, iar mai apoi o privi adânc în ochi preț de câteva clipe. După aceea, șopti din nou:

— Mi-ai lipsit, fată. Chiar rău de tot. Și mi-a fost dor de noi doi. Facem echipă bună împreună. Întotdeauna ne-am simțit bine noi doi, nu-i așa, Ella?

Ella ezită pentru o clipă, dar mai apoi dădu din cap. Îi privi ochii tulburați, căutând răspunsuri la întrebările ei.

Mark îi susținu privirea, iar după aceea, buzele lui le atinse pe ale ei. Își frecă gura de a ei ușor, dar, cu toate acestea, amândoi simțiră căldura și excitarea atingerii ca o părere. Bărbatul îi gustă căldura câteva clipe, iar după aceea, își adânci sărutul, posedându-i gura pe deplin.

Mâinile lui alunecară pe spatele ei și îi trasară fiecare curbă a trupului ei. Ella tremură în brațele lui și atunci totul se întoarse la normal în lumea lui Mark.

Bărbatul așteptase capitularea ei totală și ușurarea îl copleși. Acum știa că nu o pierduse pe Ella. Ea tot era menită să fie alături de el și să-i aparțină.

Inima i se umplu de bucurie, iar buzele lui îi găsiră curbura dintre gât și claviculă. Dinții îi zgâriară pielea, iar femeia se agăță de umerii lui pentru a-și păstra echilibrul și, oftând, își înfipse degetele în haina lui. Bărbatul își ridică capul și își cufundă privirea în ochii ei. Buzele i se curbară într-un surâs. Ella era la fel de pierdută în el precum era și el pierdut în ea.

Lui Mark îi lipsese legătura fizică dintre ei şi nu i-ar fi plăcut nimic altceva mai mult decât s-o ia pe Ella în braţe ca să o ducă în pat şi să facă dragoste cu ea până dimineaţa. Cu toate acestea, ştia că nu ar fi fost o mişcare înţeleaptă. Şi chiar mai mult decât atât, bărbatul simţea nevoia să se reconecteze cu ea mental, chiar dacă nu îşi înţelegea deloc acea nevoie.

Mark se trase înapoi şi îi dădu drumul din braţele lui. Ochii lui cercetară încăperea, încercând să găsească ceva de spus. Când observă cioburile de pe podea, ochii i se măriră. Acestea acopereau cam toată suprafaţa din zona cu televizorul.

— Este acesta un nou stil de decorare? se interesă el, întorcându-se spre ea, iar ochii îi jucară cu lumini poznaşe.

Ella se îmbujoră, dar ridică din umeri.

— Nu ştiu de ce, dar mereu simt nevoia să arunc cu ceva în Colin.

Femeia studie ce rămăsese dintr-un alt set de farfurii şi îşi scutură capul.

— Am mai spart un set, la naiba.

Mark izbucni în râs, scuturându-şi capul.

— Uau, nu am văzut această latură temperamentală a ta până acum. Cred că îmi place, atâta timp cât nu este îndreptată spre mine.

— Ei bine, spuse ea întorcându-şi privirea spre el, niciodată nu am simţit pornirea de a-ţi sparge o farfurie peste cap. Până acum, sublinie ea.

— Iar eu pot spune că îţi sunt recunoscător pentru asta. Dă-mi voie să te ajut să aduni cioburile, se oferi Mark.

— Nu, nu este necesar. Am deja multă experienţă în a face asta, nu-ţi fă griji, îi spuse ea, îndreptându-se să ia mătura şi făraşul pentru a curăţi camera. Ia loc pe sofa până ce termin, îl invită ea când se întoarse.

Ascultător, Mark se aşeză pe sofa şi o privi curăţind dezastrul. Amuzamentul îi juca în priviri, iar colţurile gurii lui se curbaseră în sus.

— Ce părere ai dacă am ieşi pentru cină? La Irish Pubul de jos de-acolo, dădu el din cap în direcţia locaţiei pubului.

— Da, de ce nu? îi răspunse ea. Numai dă-mi voie să mă îmbrac. Am nevoie de vreo cinci minute.

— Asta ştiu. Eşti singura femeie dintre cunoştinţele mele care nu are nevoie de ore în şir pentru a se pregăti să iasă în oraş. Dacă spui că ai nevoie de cinci minute, atunci chiar ai nevoie doar de cinci minute.

Ella se întoarse spre el cu o privire confuză.

— Despre asta vrei să vorbeşti acum? Despre femeile pe care le cunoşti?

— Era doar o observaţie generală, Ella. Nu mă văd cu nimeni altcineva decât cu tine. Se întâmplă să scot o altă femeie la prânz, cum ar fi mama mea sau una dintre verişoarele mele. Dar nu mă întâlnesc cu nici o altă femeie. În mod sigur, nu am întâlniri cu femei, îşi scutură el capul, iar tonul lui serios o făcu să izbucnească în râs.

— Bine, e în regulă. Nu e nevoie să încerci atât de mult. Te cred, îi aruncă ea peste umăr, iar mai apoi, încă râzând, părăsi încăperea.

Mark o urmări cu privirea, încercând să îşi ordoneze gândurile. Nu ştia ce se întâmpla cu el. Nu era nevoie să insiste atât de mult că nu se vedea cu altă femeie.

Atât cuvintele lui, cât și sentimentele lui încurcate pentru Ella îl făceau să se simtă vulnerabil și nu îi plăcea acel lucru. Ar fi preferat să aibă control asupra gândurilor și acțiunilor sale.

CAPITOLUL CINCISPREZECE

M ai erau patru zile până la Crăciun, iar Ella deja trepida din cauza emoțiilor. Cum mai avea o săptămână de vacanță rămasă pe acel an, își luase liber până pe șase ianuarie, chiar dacă nu avea nici un fel de planuri. Cu toate acestea, femeia simțea nevoia să se relaxeze și, în același timp, să se gândească la direcția pe care o dorea în viața ei.

Relația ei cu Mark era din ce în ce mai bună pe zi ce trecea. Mark o invitase la petrecerea de Crăciun de la firma sa și o prezentase tuturor ca fiind iubita lui. Mai mult decât atât, bărbatul o însoțise și la petrecerea de la firma ei și se împrietenise cu toată lumea. Oamenii îl plăceau și doreau să converseze cu el. Bărbatul era amuzant și deschis atunci când o dorea.

Multe lucruri o surprindeau pe Ella în legătură cu el, dar ceea ce o surprinsese cel mai mult era faptul că acesta îi pusese întrebări despre divorțul cuplului Thompson. Se părea că Mark începuse să se cam îndoiască de cele spuse de prietenul său, ba chiar s-a înfuriat când a aflat care era adevărul despre acel divorț.

Prietenul său îl mințise, încercând să traseze o paralelă între căsnicia lui și logodna eșuată a lui Mark pentru ca acesta să-l susțină.

Mark pusese punct acelei prietenii şi nu avea nici un regret. Cum nu mai putea să aibă încredere în amicul său, nu vedea de ce şi-ar mai fi irosit timpul cu el.

Mark o impresiona pe Ella din ce în ce mai mult, iar acel lucru o îngrijora. Bărbatul devenise mai mult decât un chip arătos, chiar dacă, într-adevăr, era foarte atrăgător. Mark se dovedea mult mai profund decât Ella crezuse iniţial.

Bărbatul era cumsecade, în felul lui obişnuit de a fi, deşi îşi arăta temperamentul din când în când. Acel lucru nu reprezenta o problemă pentru că şi în acea privinţă se potriveau destul de bine. Şi Ella avea propriul ei temperament.

Desigur că Mark avea şi defecte, dar, oricum, Ella ştia că nicăieri nu exista un *bărbat perfect*, poate doar cineva aproape perfect, iar un astfel de bărbat era mai bun decât bun pentru Ella.

Cu toate acestea, Ella nu ave nici o idee cum să-l facă şi pe el să înţeleagă că şi ea era femeia potrivită pentru el.

Chiar dacă nu credea în basme, Ella considera Crăciunul ca o perioadă magică. Atunci totul devenea posibil, iar ea dorea să îl petreacă cu Mark.

Ella îşi aruncă ochii la ceas şi observă că Mark va ajunge la ea la birou în numai câteva minute, aşa că puse dosarele la locul lor, iar apoi părăsi încăperea.

În seara aceea trebuia să îl invite pe Mark să petreacă perioada de Crăciun acasă la părinţii ei pentru ca să se asigure că acesta nu şi-a făcut alte planuri. Mark îşi iubea libertatea atât de mult încât refuzase şi să definească relaţia dintre ei, aşa că Ella se temea de reacţia lui şi de direcţia acelei discuţii, iar din cauza anxietăţii, abdomenul i se strânse într-o minge încordată.

BĂRBATUL APROAPE PERFECT

Ella ieși din lift, iar ochii îi căzură pe Mark. Acesta îi spusese că nu mai voia ca ea să se găsească din nou în pericol vreodată, așa că începuse să o aștepte la biroul de recepție din holul clădirii, unde, acum, bărbatul purta o conversație cu agentul de pază și amândoi lăsau impresia că se distrau de minune.

Mark niciodată nu considera că cineva era sub nivelul lui, iar Ellei îi plăcea acel lucru. Chiar și la petrecerea de Crăciun de la firma ei, conversația lui îi făcuse și pe cei mai scorțoși avocați să se înveselească și să îmbrățișeze spiritul petrecerii.

Mark îi simți prezența și, cu un surâs pe buze, se întoarse spre ea. Ella știa acel surâs destul de bine și se cutremură. Așa zâmbea el atunci când avea pentru ea niște planuri mai poznașe. Femeia se înroși și se opri la câțiva pași de el, iar bucuria străluci în ochii lui Mark.

Bărbatul întotdeauna se bucura atunci când o făcea să se îmbujoreze. Se simțea de parcă ar fi avut cinci metri înălțime. Mark se îndreptă spre ea cu un pas leneș, nedezlipindu-și privirea de ochii ei. Când ajunse în fața ei, bărbatul își frecă buzele ușor de ale ei.

Cei doi își luară la revedere de la agentul de pază și părăsiră clădirea. Mark o conduse pe Ella la mașina lui, ținând-o de braț, pentru ca aceasta să nu alunece pe pavajul umed. Ninsese mai devreme și, cam ca întotdeauna în Toronto, zăpada se topise aproape imediat.

— Știi ce? se întoarse Mark spre ea după ce porni mașina. Cred că asta e o noapte bună de stat în casă. Hai să mergem la mine, da?

Ella acceptă dând din cap, încântată de propunerea lui. Mark o invitase la el acasă numai o singură dată înainte, iar ea nu-i mai ceruse să repete invitația după aceea. Oricum, femeia prefera să petreacă timpul în apartamentul ei, unde se simțea confortabil și plină de încredere în sine, înconjurată de lucrurile ei.

Cu toate acestea, Ella nu înțelegea de ce Mark ezitase să o invite la el acasă. Situată în nordul orașului, casa lui nu arăta în nici un fel că bărbatul ar fi avut o situație financiară foarte bună și nici nu trăda nimic din personalitatea sau viața lui personală.

Casa nu trăda nici un semn de opulență, ci era, pur și simplu, un acoperiș confortabil deasupra capului. Mark nici măcar nu se obosise cu decorarea, ci crease doar un habitat funcțional, unde dormea și lua micul dejun dimineața. Numai șemineul din camera de zi oferea o oarecare atmosferă romantică acelei încăperi și conferea o oarecare personalitate casei.

Mark o conduse pe Ella în casă și încuie ușa în spatele lor. După aceea, bărbatul o porni înainte spre camera de zi, aprinzând luminile din drumul său.

— Aș vrea să merg la baie și să mă reîmprospătez puțin, dacă nu te deranjează, îi spuse Ella.

— Știu că ai vrea, dădu bărbatul din cap, trecându-și un deget leneș pe lungimea brațului ei.

Ella observă că ochii acestuia, strălucind cu lumina caldă venind de la lampa din colțul camerei, urmăreau mișcarea degetului pe pielea ei.

— Dacă vrei, poți să faci și un duș, îi spuse el, brusc ridicându-și ochii spre chipul ei. Am observat că acesta este primul lucru de pe lista ta atunci când ajungi acasă.

Întotdeauna faci un duș, îi surâse el poznaș. Tocmai ce ți-am cumpărat gelul de duș favorit și vei găsi și halatul meu de baie atârnat pe ușă. Nu vei avea nevoie de nimic altceva mai târziu, ca să știi, îi șopti el la ureche și o sărută înainte de a-i da drumul să plece.

Ca de obicei, chipul femeii se îmbujorase, ceea ce îl făcea mereu să zâmbească într-un anumit fel. Cu o scuturare a capului, Ella părăsi încăperea în grabă, simțindu-i ochii asupra ei până ce reuși să dispară din cameră.

ELLA SE ÎNTOARSE, ACOPERITĂ numai de halatul lui de baie. Se simțea vulnerabilă îmbrăcata astfel, chiar dacă se îndoia că trupul ei ar mai fi prezentat vreun secret pentru Mark.

Femeia îl găsi pe acesta în toiul ultimelor aranjamente ale cinei pe care o întinsese pe măsuța rotundă din nișa pentru micul dejun.

Bărbatul făcuse eforturi deosebite cu acea cină. O comandase de la unul din restaurantele lui favorite, iar Ellei îi plouă în gură când simți mirosul mâncării.

Mark o invită să ia loc, iar mai apoi, îi vârfui farfuria cu aperitive și îi umplu paharul cu vin roșu.

Uluită, Ella privi de la el spre mâncare, iar Mark luă o ciupercă umplută de pe farfurie și i-o ridică la gură. Bărbatul așteptă până ce ea deschise gura și o luă, iar mai apoi își frecă degetul mare de colțul gurii ei. Mark se aplecă peste ea și o sărută, gustând-o și pe ea și ciuperca în același timp.

Când Mark se trase înapoi, Ella mestecă în tăcere. Brusc, îi era foame de cu totul altceva decât ceea ce se găsea pe masă. Mark îi surâse diavolește, ca și cum ar fi știut ce îi trecea femeii prin minte și chiar se bucura de direcția pe care o luaseră gândurile ei.

Mark începu să o hrănească și pe ea în același timp ce se hrănea și pe sine, ca și cum ar fi avut impresia că femeia nu mai știa să folosească tacâmurile. După fiecare înghițitură, o săruta, buzele lui lâncezind pe ale ei, pentru ca după aceea să continue să colinde mai departe, până ce ajungeau în spatele urechii ei.

Bărbatul își trecu limba peste acel loc sensibil și mai apoi îi mușcă lobul urechii pe nepusă masă, astfel că un geamăt își luă zborul de pe buzele ei.

Mark nu îi permise Ellei să-și folosească mâinile, așa că cina luă mai mult decât de obicei. Bărbatul o chinui, alternând săruturi superficiale cu sărutări adânci, ronțăindu-i și buza inferioară sau pielea de pe coloana gâtului din când în când, transformând acea cină într-un act de completă decadență.

Până la sfârșitul cinei, Mark îi trezise simțurile Ellei la viață cu îndemânare, iar femeia avea impresia că va exploda dacă el nu o va duce în pat prea curând. Toate simțurile îi erau exacerbate și simțea atingerile lui Mark peste tot, în timp ce abdomenul îi fremăta cu nerăbdare.

Într-un târziu, Mark termină cu mâncarea și se ridică în picioare, luând-o pe Ella de mână. O trase spre el, iar aceasta mai că strigă din cauza valului de ușurare pe care îl resimți.

Mark nu o duse pe Ella în dormitorul lui, ci o trase pe jos pe covor, în fața șemineului, ajutând-o să se întindă pe podea. După aceea, îi desfăcu halatul de baie și, fascinat, îi studie pielea palidă în lumina flăcărilor. Mark se aplecă mai apoi peste ea și își lăsă gura peste sânul ei. Sângele ei cântă de ușurare, iar Ella se lădă dusă de valul pasiunii.

ELLA ȘI MARK STĂTEAU pe podea, sprijinindu-se de sofa și bând vin. Mark declarase că nu terminase de făcut dragoste cu ea încă, așa că nu era cazul să se îmbrace. Cu toate că trupul Ellei tocmai explodase în sute de stele, cuvintele lui Mark tot reușiră să îi întețească focul din vene din nou.

Mulțumit și fericit, Mark se juca cu degetele ei, pe care le săruta din când în când. Fericirea lui răspândise un val fierbinte de dragoste în inima Ellei.

Femeia așteptă pentru o vreme, până ce consideră că era momentul potrivit să vorbească cu el. Oricum, nu își putea imagina că ar fi existat un alt moment mai bun decât acela.

— Mark, începu ea cu o ezitare, iar privirea lui se întoarse spre chipul ei de parcă i-ar fi simțit nesiguranța.

— Da, Ella. Ce este? o întrebă el cu blândețe.

— Voiam să te întreb ceva, spuse Ella, dar imediat după aceea se opri, aproape regretând că începuse să vorbească.

Mark o strânse de mână încurajator.

— Haide, iubito. Nu poate fi nimic atât de rău. Întreabă-mă.

— Știi, nu aș vrea să îți faci nici un fel de idei greșite, spuse ea, aruncându-i o privire pe furiș, pentru ca mai apoi să își întoarcă ochii înapoi la paharul ei. Aș vrea să vii și să petreci Crăciunul cu mine, spuse ea într-un târziu, iar mai apoi așteptă răspunsul lui, cu inima cât un purice.

Şi totuşi, Mark nu îi răspunse imediat. O privea, iar ea îşi dădu seama că bărbatului îi părea rău pentru ea, ştiind că îi va refuza cererea.

— Te duci acasă la ai tăi, nu-i aşa, Ella? o întrebă Mark.

— Da, aşa este, mă duc la ai mei, răspunse ea, ţinându-şi capul în jos, neputând să-l privească.

— Bine, este de ajuns cu asta de acum, spuse Mark pe un ton repezit, punându-şi paharul pe jos, pentru ca mai apoi să îi întoarcă Ellei capul spre el.

Ella nu mai putea să-şi ascundă privirea şi era obligată să-l privească acum.

— Ella, eu nu-ţi pot cere să nu mergi la părinţii tăi de Crăciun. Ştiu că întotdeauna ai făcut asta. Înţeleg foarte bine că e una dintre tradiţiile familiei tale şi că ei te aşteaptă. Dar eu, unul, nu pot veni cu tine. Nu sunt pregătit pentru partea cu întâlnirea părinţilor încă. Sincer, nici nu cred că voi fi vreodată. Sper să mă înţelegi. Mereu am fost onest cu tine şi ţi-am spus ce poţi să te aştepţi de la mine.

Ella nu îi răspunse, dar el îşi dădu seama că o rănise. Mark ar fi vrut să o poată scuti de asemenea dezamăgire, dar îşi promisese să nu o mintă niciodată, aşa că trebuia să fie brutal de onest, indiferent de rezultat.

— Ella, începu el să spună, dar ea îl opri, ridicându-şi mâna.

— Nu, Mark, înţeleg foarte bine. Niciodată nu ai dat de înţeles că lucrurile vor fi diferite într-o zi, aşa că ar fi trebuit să fi ştiut că nu era cazul să îţi cer aşa ceva, îi spuse ea, încercând să se ridice.

— Eşti supărată, spuse Mark, ridicându-se de pe podea şi ajutând-o şi pe ea să se ridice în picioare.

— Nu, nu, nu, nu sunt supărată pe tine, îşi scutură Ella capul. Nu ştiu. Ştiam că nu eşti omul care să rămână cu mine pentru totdeauna şi că nu te interesează astfel de lucruri. Dar... este Crăciunul, ştii, şi voiam să fiu cu tine, îi explică ea cu tristeţe în voce. Şi acum uită-te la mine. Am stricat întreaga seară pentru amândoi, continuă ea, întorcându-şi capul când îi izvorâră lacrimi în ochi.

Mark nu îi dădu voie să-şi ascundă chipul şi îi întoarse capul din nou spre el. După aceea, se aplecă deasupra ei şi o sărută, dar nu era sărutul lui obişnuit, menit să îi ridice temperatura corpului. Era un sărut pentru a o alina, iar acesta o copleşi şi o lacrimă i se prelinse pe obraz. Mark o şterse cu degetul lui mare, iar apoi îi luă capul în mâini.

— Uite, iubito, ştiu. Dar hai să facem aşa. Tu mergi şi petreci ceva timp cu părinţii tăi, iar când te întorci, vei avea tot timpul pe care ţi-l doreşti cu mine, da?

Ella citi hotărâre în ochii lui şi înţelese că bărbatul era extrem de serios în ceea ce spunea. Femeia dădu din cap, iar apoi îşi întoarse privirea spre paharele de pe podea. Nu ştia ce să facă.

— Cred că ar trebui să plec, spuse ea, dar el îşi scutură capul.

— Haide, Ella. Mai sunt două zile până ce trebuie să pleci. De ce nu am petrece noi aceste zile împreună? o întrebă Mark.

— Păi, mâine ar trebui să mă duc şi să cumpăr cadouri pentru familia mea... În fiecare an îmi promit că voi începe cumpărăturile de Crăciun din timp şi, în fiecare an, trebuie să mă grăbesc să le fac în ultimul moment. Aşa că...

— Bine, Ella. Nu e o problemă. Atunci aşa rămâne. Mâine mergem la cumpărături. După ce terminăm cu asta, vom petrece restul serii şi noaptea împreună, iubito. Iar tu oricum te vei întoarce pe 26 cred.

Femeia dădu din cap, dar mai apoi se corectă:

— De fapt, s-ar putea să stau până pe 27. Nu ştiu. Depinde de cât de mult reuşeşte mama să mă scoată din minţi până atunci, recunoscu Ella cu neplăcere.

— Bun, atunci. Dar ai numărul eu, aşa că mă poţi suna oricând, fie zi, fie noapte. Mă duc în vizită la părinţii mei în noaptea de Ajun, ca de obicei, dar voi avea telefonul cu mine. Dacă lucrurile se înrăutăţesc, sună-mă, îi ceru Mark pe un ton care nu permitea alte discuţii în contradictoriu sau vreun refuz.

Ella îi surâse şi îşi arătă acordul cu o mişcare a capului. Mai apoi, se ridică pe vârfuri şi îi sărută colţul gurii.

— Haide, acum trebuie să încercăm runda a doua, spuse el şi o trase înapoi la podea cu el.

CAPITOLUL ȘAISPREZECE

Ella își conduse mașina în Whitby înainte de ora opt. Se simțise prea neliniștită, așa că își părăsise casa la prima oră de dimineață.

Îi dusese lipsa trupului lui Mark lângă al ei și petrecuse o noapte oribilă. Bărbatul hotărâse să o lase să se odihnească înainte de călătorie, așa că plecase de la ea devreme în seara de dinainte.

Ella regreta că nu pornise la drum imediat după plecarea lui Mark, chiar dacă aceea ar fi însemnat să ajungă acasă la ai ei în jurul orei unsprezece sau chiar în jurul miezului nopții. Părinții ei oricum nu se duceau la culcare devreme, așa că sosirea ei la o asemenea oră nu ar fi fost o problemă.

Cel puțin, s-ar fi simțit mai puțin nervoasă și o parte din tristețea ei ar fi dispărut.

La opt și un sfert, Ella își parcă mașina în aleea părinților ei și deschise portbagajul. Ochii îi căzură pe grămada de lucruri dinăuntru și cu un oftat, femeia începu să le adune.

Ella primisese o lungă listă de la mama ei și trebuise să aducă multe lucruri din Toronto în afară de cadourile pe care le cumpărase ea.

Se auziră pași din spatele ei și femeia se întoarse. Privirea i se opri pe silueta tatălui ei, care venea înspre ea cu un zâmbet uriaș pe chip.

— Bună, pisicuțo, a trecut cam mult timp, nu-i așa? spuse el, iar apoi o luă în brațe, îmbrățișând-o cu putere.

Atitudinea lui o ului. Tatăl ei niciodată nu arăta nimănui prea multă emoție și întotdeauna când Ella venise să îi viziteze, se comportase ca și cum vizita ei nu ar fi fost mare lucru.

Era adevărat că, de data aceasta, Ella nu mai avusese timp să treacă și să-și vadă familia cam de jumătate de an, chiar dacă distanța între cele două orașe nu era prea mare. Cu toate acestea, femeia nu-și imaginase niciodată că tatăl ei i-ar fi dus dorul atât de mult.

După ce o mai strânse o dată în brațe, omul îi sărută din nou obrazul, iar mai apoi o împinse la o distanță de un braț și o privi cu mare atenție.

— Ei bine, arăți obosită, dar mă așteptam la așa ceva. Știu că lucrezi multe ore și că te-ai trezit cam devreme azi. Altfel, arăți bine, Ella. Haide, te ajut să cari toate lucrurile acelea. Ce Dumnezeu ai făcut? Ai golit toate magazinele din Toronto? o întrebă el, izbucnind în râs, astfel aducându-i și ei un zâmbet pe buze.

— Cam greu să faci așa ceva, tati. Am cumpărat doar câteva cadouri. Ah, da, și chestiile pe care mi-a cerut mami să le cumpăr.

— Ah, chestiile ce ți-a cerut ea să le cumperi. Înțeleg acum, spuse el și începu să adune și el din pungile din portbagaj.

Se duseră după aceea în casă și, tot drumul, omul îi tot puse Ellei întrebări despre munca și viața ei, având grijă să nu se aventureze în teritorii prea personale. Ella îi răspunse cât de bine putu, satisfăcută că tatăl ei măcar arăta ceva interes în viața ei, chiar dacă întrebările lui erau destul de generice.

Odată ajunşi înăuntru, lăsară darurile sub brad, iar mai apoi, el o conduse în bucătărie, unde muncea mama ei.

— Oh, Ella, ai ajuns, exclamă ea şi, ştergându-şi mâinile de şorţ, se grăbi spre fiica sa să o îmbrăţişeze.

— Bună, mami, reuşi Ella să spună, în timp ce mama ei o sufoca cu sărutări şi îmbrăţişări.

— Ei bine, lasă-mă să te privesc, spuse femeia după aceea.

Dându-se un pas în spate, o analiză pe Ella din cap până în picioare.

— Ştii, ai putea să mai slăbeşti vreo câteva kilograme. Nu cred că tânărului acela drăguţ al tău nu i-ar plăcea, spuse ea cu reproş. Şi, apropo, el unde este? Doar ştii că îl iubesc cu adevărat, continuă ea.

Ella nu avea nici o şansă să spună ceva.

— Eşti atât de norocoasă să pui mâna pe un doctor, Ella. Niciodată nu aş fi crezut că ai putea, continuă ea să vorbească repede ca o gaiţă.

— Mamă, interveni Ella, într-un sfârşit, pe un ton oţelit. Mai întâi de toate, nu este tânărul meu. Ţi-am spus deja că am rupt-o cu el pentru totdeauna.

— Oh, nu, asta e o prostie din partea ta, Ella, se grăbi mama ei să îi spună. Este făcut pentru tine. Uite, du-te acum şi dă-i telefon să vină încoace. Este cel mai bun lucru pe care l-ai putea face. Ascultă la mine, doar sunt mama ta şi ştiu despre ce vorbesc.

— Nu, mama. Nu îi dau nici un telefon. Nici acum, nici altă dată. Mai întâi că m-a înşelat, începu ea să spună, dar mama ei îi dădu cuvintele la o parte cu un gest.

— Nu fi atât de mironosiţă, Ella. Bărbaţii au... nevoile lor, spuse ea.

— Şi eu? interveni tatăl ei cu asprime în glas, iar ambele femei îl priviră confuze.

Nici una dintre ele nu îşi dăduse seama că el se mai afla încă în bucătărie cu ele.

Ella era, de asemenea, surprinsă pentru că tatălui ei niciodată nu îi păsase de ce îi spunea mama ei. Femeii nu îi venea să creadă că acesta îi lua partea, privindu-le cu chipul tăiat în piatră.

Atitudinea lui o uluise şi pe mama ei. Întrebarea lui nu îi pica acesteia prea bine.

— Ce vrei să spui cu asta? îl întrebă ea până la urmă.

— Dacă bărbaţii au... Cum ai spus tu? Ah, da, nevoi. Atunci şi eu am voie să te înşel fără nici un regret şi fără să mă tem că acţiunile mele ar conduce ulterior la discuţii între noi doi, sublinie el.

— Nu fi absurd, îi răspunse soţia sa, fluturându-şi mâna. Nu este acelaşi lucru şi o ştii foarte bine.

— Cum nu este acelaşi lucru? insistă el, nefiind gata să dea subiectul la o parte. Ai spus că nu contează dacă Colin o înşală pe Ella. Că are nevoile lui. Aceasta înseamnă că şi eu pot să te înşel pe tine dacă am nevoile mele, iar tu ar trebui să îmi accepţi comportamentul fără nici un fel de plângeri.

Ella îşi încleştă pumnii îngrijorată. Nu mai ştia ce să creadă. Era convinsă că tatăl ei nu ar fi înşelat-o pe mama ei, dar ceva nu prea părea corect în ceea ce spunea acesta.

— Dragule, îi răspunse mama ei. Noi suntem căsătoriţi, noi doi. Desigur, nici Colin nu o va mai înşela atunci când vor fi căsătoriţi.

— Ești sigură? îi răspunse bărbatul pe un ton la fel de aspru ca mai înainte. Ești sigură că nu o va mai înșela? Eu, unul, știu că este un individ care își înșală femeia. Unul ca el înșală și înainte de căsătorie și după aceea. Nu există tratament pentru așa ceva, mai ales dacă individul știe că are voie să o facă.

— Bine, bine, se răsti mama Ellei. Dar uită-te la ea, își flutură ea mâna în direcția Ellei. Este singură. A îmbătrânit. Are prea multe kilograme în plus. Ella trebuie să accepte ceea ce i se dă. Nu mai are prea multe șanse la dispoziția ei.

Tatăl ei își privi soția fix preț de câteva momente, după care își scutură capul ca și cum nu îi venea să creadă ce auzea și se întoarse spre Ella.

— Ascultă, puiule, poate că ești singură acum, dar viața nu ți s-a încheiat încă. Ai suficient timp la dispoziție și cu siguranță există cineva pentru tine în lume. Nu este necesar să îl accepți pe ticălosul ăsta. Nu ești bătrână deloc. Nici măcar nu ai ajuns la jumătatea vieții. Iar kilogramele acelea în plus îți stau chiar foarte bine. Nu-ți fă nici un fel de griji.

Ochii Ellei înotară în lacrimi. Nu numai că nu se așteptase niciodată ca tatăl ei să îi ia partea, dar nici nu își imaginase că acesta i-ar spune asemenea cuvinte. Îl îmbrățișă strâns, chiar dacă bărbatul se foi puțin, simțindu-se stânjenit.

— Mulțumesc, tati. Și nu te teme. Nu mă mulțumesc eu cu Colin. M-a și lovit așa că... îmi pare rău, mama, spuse Ella, întorcându-se spre mama ei.

Femeia se holbă la fiica sa și șocul i se putea citi în priviri.

— Nu îl voi suna și nici nu voi mai vorbi vreodată cu el. Chiar dacă ar fi rămas ultimul bărbat pe pământ.

— Ce vrei să spui că te-a lovit? urlă tatăl ei când îi înregistră cuvintele.

— Da, cum te-a lovit? repetă şi mama ei cuvintele soţului său.

— Păi, a venit la mine acasă după ce a vorbit cu tine, îi explică ea mamei sale. Nu i-a convenit să audă că nu mai vreau să mă întorc într-o relaţie cu el.

— Îl voi dezmembra! Îi rup membrele! Unul câte unul! urlă tatăl ei şi o porni spre uşă, gata să o pornească cu maşina spre Toronto şi să-l găsească pe ticălosul care i-a rănit fetiţa.

— Tati, îi blocă Ella calea. Nu este nevoie să faci asta. A primit ce merita deja, continuă ea şi dădu din cap pentru a-şi sublinia cuvintele.

— Nu-mi spune că l-ai bătut tu, spuse mama ei cu amărăciune. Nu cred că ai fi putut să-l baţi. Lasă-l pe tatăl tău să se ducă...

— Mama, o întrerupse Ella. Evident că nu am putut să-l bat eu, dar Mark a putut.

— Cine naiba mai e şi Mark? o întrebă tatăl ei exasperat.

Mama ei o privea atât de atent încât îi lăsă impresia că îşi ascuţise urechile ca să nu piardă un cuvânt. Chipul ei arăta atât de comic încât Ella abia reuşi să se abţină să nu izbucnească în râs.

— Mark este prietenul meu, răspunse ea. Este un tip destul de mare şi, dacă vreţi să ştiţi, l-a speriat pe Colin atât de rău că acesta şi-a udat pantalonii.

Ambii ei părinţi o priviră uluiţi, nevenindu-le să-i creadă cuvintele. Mai apoi, tatăl ei izbucni în hohote de râs.

— Pe bune? Şi-a udat pantalonii? Pe bune?

— Da, tati, aşa a făcut. Aşa că nu este nevoie să te duci să-i dai o lecţie. Deja i-a dat Mark lecţia necesară lui Colin. Bine?

— Şi unde e acest Făt Frumos? se interesă tatăl ei.

— Poftim? spuse ea.

Ella știa ce voia omul să afle, dar, cu toate acestea, avea nevoie de câteva momente să se gândească la ce să îi spună.

— Acest Mark, repetă el. Cavalerul tău. Unde este? De ce nu este aici cu tine? insistă omul.

Femeia ezită câteva clipe, dar trebuia să spună ceva pentru că ambii ei părinți așteptau. Știa ea că nu o vor lăsa să păstreze tăcerea.

— Ei bine, e în Toronto. A avut ceva de făcut și... Bine, bine, nu e pregătit să vă întâlnească. Clar? Asta e, acum știți, le spuse Ella adevărul.

Nici mama ei și nici tatăl ei nu îi răspunseră. Cei doi se mulțumiră numai să o privească. După câteva minute, tatăl ei se apropie de ea și îi puse mâna pe umăr.

— Ascultă, draga mea. Se poartă frumos cu tine? Ești fericită cu el?

Ella dădu din cap afirmativ. I-o fi fost teamă lui Mark de o relație monogamă, dar bărbatul o trata așa cum trebuia, în ciuda temerilor sale, iar ea era fericită cu el.

— Păi atunci totul este bine, Ella. Iar eu nu mă voi duce după amărâta aia scuză de ființă umană dacă Mark mi-a luat-o deja înainte, spuse tatăl ei cu un zâmbet pe buze, după care părăsi bucătăria.

Imediat ce acesta plecă, mama ei veni la ea și o trase la masa din bucătărie.

— Stai aici și spune-mi totul despre el. Iar după aceea, să te duci să îl suni și să îi ceri să vină aici, spuse ea.

— Mama, pot să-ți spun despre el, dar nu îi voi cere să vină aici. Trebuie să înțelegi că această chestie nu e deschisă negocierii, spuse Ella pe un ton implacabil, deși mama ei părea că ar fi vrut să argumenteze mai mult.

CAPITOLUL ȘAPTESPREZECE

Ella deja plecase, iar Mark se simțea oarecum pierdut, fără nici un plan. Nu știa ce să facă cu timpul lui. În ultima vreme, petrecuse marea parte a timpului cu ea, iar acum se simțea părăsit.

Mergând pe străzi fără nici un țel, se opri la una dintre faimoasele locuri de băut din oraș. Era atât de ger afară că nasul îi devenise țurțure de gheață, iar el avea nevoie de un pahar de whiskey ca să își poată continua plimbarea lui neliniștită, care nu avea nici o noimă.

Mark luă loc pe un scaun la bar și îi făcu semn barmanului.

— Nu te-am mai văzut pe aici de o vreme, spuse omul. Ca de obicei?

— Da, te rog, răspunse Mark. Am fost ocupat prin altă parte, răspunse el mai apoi la întrebarea mascată a omului.

— Înțeleg. Ei bine, aceasta e o seară bună pentru un whiskey dintr-un singur malț, îi spuse barmanul, făcându-i cu ochiul.

Se întoarse mai apoi și luă o sticlă de pe raftul din spatele lui. Îi arătă lui Mark sticla, iar omul dădu din cap aprobator.

Barmanul îi turnă whiskey-ul lui Mark și, după ce puse sticla înapoi pe raft, luă o cârpă și șterse tejgheaua. Deschise gura să-și continue conversația cu Mark când o tânără de o frumusețe izbitoare se apropie de bar.

Bărbatul uită complet de Mark și se grăbi spre ea.

— Ce să vă ofer? întrebă el, iar zâmbetul i se lărgi și mai mult.

Femeia nu îi întoarse zâmbetul, dar spuse:

— La fel ca și lui.

Răspunsul ei îl determină pe Mark să se întoarcă spre ea. Femeia observă momentul când acesta o recunoscu, precum și șocul datorat surprizei din ochii lui Mark.

— Bună, Jo. Jo, nu-i așa? repetă el, încercând să pară nonșalant.

Cu toate acestea, femeia avea ceva experiență cu bărbații și știa bine cum reacționau aceștia.

— Hmm, măcar ai memorie bună, îi răspunse ea cu un glas înghețat.

— Deci ce te aduce prin partea mea de pădure? o întrebă Mark. Ceva îmi spune că acesta nu este unul din locurile pe unde îți petreci timpul în mod obișnuit.

Vocea lui era plină de sarcasm, dar lui Jo nu se părea să îi pese. Era aceeași femeie de gheață pe care acesta și-o amintea din seara când o cunoscuse pe Ella.

— Asta nu e treaba ta, i-o întoarse ea, iar mai apoi sorbi din paharul său.

— Ei bine, atunci prințesă mai bine te-ai îndrepta spre pajiști mai verzi. Nu sunt interesat să întrețin conversații cu fecioare reci și frigide.

Mark își dădea seama că era răutăcios, dar avea propriile sale gânduri negre și nu se simțea capabil să converseze cu Jo pe moment. Îi lipsea Ella enorm, iar prezența prietenei ei îi adâncea și mai mult dorul.

— Nu sunt atât de impresionabilă și nu mă speriu atât de ușor, îi răspunse femeia, folosind un ton de voce menit pentru creaturi inferioare.

Cuvintele ei îl făcură pe Mark să scrâșnească din dinți, iar oțelul din ochii bărbatului sclipi.

— Şi cu toate acestea, ţin la Ella, continuă Jo. S-ar putea să avem noi două unele neînţelegeri câteodată, dar Ella este o persoană bună. Este una dintre oamenii cu adevărat buni. Iar tu i-ai rupt inima cu egoismul tău, spuse ea cu mânie în glas.

De altfel, furia scânteia în ochii femeii, iar, fascinat, Mark o privea fix.

Bărbatul îşi scutură capul să şi-l limpezească, iar apoi spuse:

— Nu i-am rupt inima. Ar trebui să cercetezi faptele cu mai multă atenţie, o instrui el, dar femeia îşi ridică mâna şi îi opri tirada.

— Mâine este Crăciunul. Tu eşti aici. Ea este acolo, în Whitby, îi răspunse Jo, dându-şi mânioasă capul pe spate. O cunosc bine pe Ella, şi eu spun că i-ai rupt inima. Nu este ceva ce aş putea uita. Iar eu pot să fiu un inamic destul de neplăcut. Unul pe care nu ar fi trebuit să ţi-l faci.

— Ei na, nu îmi pasă mie de asta. Dar de ce crezi că i-am rupt inima? Numai pentru că nu m-am dus cu ea acolo pentru Crăciun?

— Da, Sherlock. Ai ghicit. Crăciunul este cel mai important moment al anului pentru ea. Reprezintă iubire, înţelegere şi fericire în mintea Ellei. Cu tine aici, ea nu are cum să fie fericită, mai ales că o are acolo pe mama aia a ei arogantă, care o va critica pentru că este singură şi care o va face să se simtă fără valoare. O va împinge pe Ella înapoi la Colin, iar aşa ceva eu, una, nu pot să accept, îşi scutură Jo capul cu vehemenţă, tremurând de furie.

— Propria ei mama? Ar împinge-o înapoi la omul care a lovit-o? se minună Mark, nevenindu-i să creadă ce auzea.

— A lovit-o? strigă ea. Nenorocitul a lovit-o? Când naiba s-a întâmplat asta?

— Cu ceva timp în urmă, aşa că te poţi linişti. Oricum, m-am ocupat eu de el.

— Hmm, măcar ai fost şi tu bun la ceva, aruncă ea peste umăr părăsind zona barului.

Mark o urmări cu privirea şi observă că femeia se întorsese la o masă cu un grup de aproximativ zece sau doisprezece persoane. După aceea, bărbatul îşi scutură capul să şi-l limpezească şi se întoarse înapoi la băutura lui.

Îşi aruncă ochii la ceas şi se întrebă ce făcea Ella în acel moment. Cocea prăjituri sau cânta colinde?

Lui Mark îi era dor de ea. Era numai a doua zi fără ea, iar gândul că trebuia să mai aştepte încă cel puţin două zile pentru a o vedea îl scotea din minţi.

Mama lui îl aştepta la cină, dar bărbatul nu se simţea în stare să mănânce chiar atunci. Avea chef să bea până pica în pat, fără să mai fie măcinat de gândurile sale despre Ella.

Şi atunci un gând îi răsări în minte. Lui nu-i era teamă de ce îi va face Ella lui. El se temea că era posibil ca el să nu o aibă în viaţa lui până la adânci bătrâneţi, iar acel lucru era, pur şi simplu, o prostie. Femeia deja îi oferise acea şansă, iar el o dăduse la o parte.

Gândindu-se la cuvintele lui Jo, cum că ziua de Crăciun era unul dintre cele mai importante momente ale anului pentru Ella, Mark ştiu ce avea de făcut.

CAPITOLUL OPTSPREZECE

Ella tot vorbise cu bunica ei de vreo câteva ceasuri deja, iar femeia continua să o uimească. Era deja trecut de unsprezece, iar ea tot mai avea tăria să povestească diverse lucruri din amintirile ei.

Îi spusese Ellei despre Crăciunurile pe care le petrecuseră împreună, pe vremea când Ella era mică şi putea să-şi amintească fiecare farsă pe care Ella o jucase pe seama surorii şi fratelui ei.

În acel an, doar fratele Ellei, însoţit de soţie, venise să petreacă sărbătorile cu ei. Fiii lui plecaseră în străinătate cu un grup de prieteni, iar sora Ellei se dusese şi ea în vacanţă cu familia ei.

Ca de obicei, tatăl Ellei, împreună cu fratele ei, priveau jocul la televizor. Mama ei îi adusese o altă bere şi o carafă cu eggnog să o împartă între femei.

Îi umplu mai întâi paharul bunicii, iar apoi îi turnă şi Ellei. Marge, nora ei, o refuză, spunând că băuse destul în seara aceea. Ar fi prefera şi ea o bere, dar nu voia să îi rănească sentimentele soacrei sale.

Bărbaţii tocmai urlau la televizor când ciocănituri răsunară la uşa din faţă. Toţi se priviră uluiţi. Nu îşi puteau imagina cine ar fi putut veni să îi viziteze la ora aceea în seara de Ajun.

Mama Ellei se ridică pentru a se duce să răspundă la uşă, dar tatăl ei îi făcu semn să stea jos că se va ocupa el. Bărbatul privi prin geamul de la uşă să vadă cine ciocănea, dar nu îl recunoscu pe bărbatul care era pe trepte.

Cu toate acestea, se decise să deschidă uşa. Nu îi venea să creadă că un bărbat îmbrăcat atât de bine ar fi venit să îi tâlhărească în seara de Ajun.

— Da? spuse el.

— Bună seara, sunt Mark. Ştiiu că e târziu, dar aş putea vorbi cu Ella, vă rog?

Dornici să audă cine era la uşă, toţi din camera de zi păstraseră tăcerea, iar fratele Ellei tăiase sonorul la televizor. De aceea, Ella auzi limpede vocea lui Mark şi se ridică în picioare, numai ca să descopere că acestea îi tremurau.

Femeia nu îşi putea imagina ce îl adusese pe Mark acolo sau cum de acesta ajunsese acolo. Nu avea adresa părinţilor ei de la ea.

Ella se îndreptă spre uşa din faţă, iar tatăl ei se dădu la o parte, şoptindu-i:

— Este cavalerul tău venit pe cal alb, Ella.

După aceea, bărbatul plecă, lăsând-o singură cu Mark.

Ella ar fi vrut să poată spune ceva, dar gura ei nu reuşea să formeze cuvinte, iar creierul ei se golise de gânduri. Îl avea pe Mark în faţa ochilor şi nu avea nici cea mai mică explicaţie pentru prezenţa lui.

— Ella, se apropie Mark de ea şi o trase în braţele lui, într-o îmbrăţişare strânsă.

După aceea, bărbatul continuă:

— Nu am putut sta fără tine. Nici măcar două zile nu au trecut, iar eu deja înnebuneam încetul cu încetul. Am nevoie de tine în viața mea. Așa cum ai spus tu, pentru totdeauna.

Mark se trase înapoi la distanță de un braț, dar nu îi dădu drumul Ellei. Îi studie femeii chipul, încercând să îi citească gîndurile, și observă că ochii Ellei luceau cu lacrimi nevărsate.

— Sper că nu o să plângi acum, Ella. Nu am crezut că te vei supăra că ți-am luat urma aici, spuse el, vocea lui sunând mai puțin încrezătoare decât de obicei.

— Nu fi bleg, Mark. Desigur că nu mă supăr că ești aici. De ce aș fi? Te-am vrut aici. Dar cum de ai știut cum să ajungi aici? se interesă Ella, cu uluială în glas.

— Am întrebat-o pe Jo, îi răspunse Mark.

Observându-i surpriza, bărbatul își flutură mâna.

— E o poveste lungă, crede-mă. Și chiar nu contează acum. Apropo, te-am întrebat dacă vrei să te măriți cu mine, iar tu nu mi-ai răspuns, spuse el cu reproș.

— M-ai întrebat? Nu am auzit așa ceva. Probabil că e ceva în neregulă cu urechile mele, spuse ea, lovindu-se cu palma peste urechea dreaptă.

— Haide, nu fi rea... Doar am spus *pentru totdeauna*, nu-i așa? spuse Mark, mângâindu-i chipul.

— Ah, și asta înseamnă că mă ceri de soție? se minună Ella, tachinându-l.

— Ești o fată deșteaptă, Ella. Știi să citești printre rânduri. Haide, nu o fi cea mai romantică cerere în căsătorie, dar te-am cerut cu adevărat de nevastă.

— Dar...

— Oh, la naiba, o întrerupse el. Bine, văd că vrei să spun cuvintele. Le voi spune. Vrei să îmi fi soție?

Ella abia se abțin să nu râdă. Vocea lui Mark răsunase plină de mânie și femeia era convinsă că nimeni nu primise o cerere în căsătorie atât de furioasă.

— Bine, Mark, te voi lua de bărbat. Nu este nevoie să te răstești la mine.

Acum, Ella își lăsă râsul să zboare liber, dar Mark i-l opri cu un sărut apăsat. O mulțime de exclamații izbucniră din spatele ei, iar ea avu doar o clipă la dispoziție să își dea seama că întreaga ei familie auzise cuvintele lui Mark, înainte de a uita despre absolut tot.

Când Mark își ridică capul, trupul Ellei deja fremăta. Inima ei îl recunoștea pe Mark ca fiind perechea ei perfectă.

Bărbatul își vârî mâna în buzunar și scoase o cutie mică veche. Îi ridică mai apoi capacul, dând la iveală un inel de logodnă vechi.

— Bunica mea mi-a lăsat acest inel. Și poți fi liniștită, nimeni nu l-a purtat în afara ei, spuse Mark, punând inelul de logodnă pe degetul Ellei.

Ella privi inelul, iar apoi își ridică ochii la Mark, în timp ce lacrimi de fericire îi alunecau pe obraz. Dorința ei de Crăciun se împlinise.

BIOGRAFIA AUTOAREI

Rowena Dawn scrie romane de dragoste, citește cărți polițiste și se uită la comedii. Îi place să se plimbe prin pădure, dar iubește marea la nebunie.

Are o relație de dragoste și ură cu scrisul ei și îl înnebunește pe câinele ei când nu se oprește din scris pentru a-l scoate la plimbare.

De asemenea de Rowena Dawn:

CU DUBLU TĂIȘ – PRIMA Carte din seria Jumătatea Perfectă — eBook, paperback, (audio book – doar în limba engleză)

Ochi în Întuneric (Cartea a Doua din Seria Jumătatea Perfectă).

Atras (Cartea a Treia din Seria Jumătatea Perfectă).

Meg – eBook (Meg La Răscruce de Drumuri), paperback, (audio book – doar în limba engleză – Leap of Faith)

Trezirea Beckăi (Prima Carte din Seria Familiei Winston) – eBook, paperback, (audio book – doar în limba engleză)

Dilema lui Matt (Cartea a Doua din Seria Familia Winston)

Salvarea lui Jay (Cartea a Treia din seria Familia Winston)

Vor fi publicate:

PRINDEREA LUI LILY – Fir viu (Cartea a Patra din seria Familia Winston și seria Jumătatea Perfectă) (ebook, paperback)

BĂRBATUL APROAPE PERFECT

Vă mulțumesc că ați citit romanul **Bărbatul aproape perfect**.

Dacă v-a plăcut, vă rog spuneți-le și prietenilor dumneavoastră despre el sau scrieți o scurtă recenzie.

Reclama din gură în gură este cel mai bun prieten al unui autor și este extrem de apreciată.

Vă mulțumesc,

Rowena Dawn

Did you love *Bărbatul aproape perfect*? Then you should read *Salvarea lui Jay*[1] by Rowena Dawn!

[2]

Jay nu dorea decât să se amuze. În schimb, și-a pierdut inima și liniștea sufletească.

Jay nu este un bărbat prea la locul lui. Poate citi mintea oamenilor, deși nu foarte bine și nu întotdeauna. Cu toatea acestea, își folosește talentele pentru a juca cărți și a câștiga.

Din păcate, joacă o dată în plus. Își pierde banii și abia scapă în viață, dar numai pentru că are un înger păzitor. Acum trebuie să decidă dacă ceea ce simte pentru acel înger este recunoștință sau iubire.

---

1. https://books2read.com/u/m2vWJr

2. https://books2read.com/u/m2vWJr